*«La vida no es sino un cuento,
narrado por un idiota»*.
Shakespeare

Agradecimientos

A Julia, mi madre. Solo he visto su luz que aún sigue alumbrándome.

A mi esposa Martha, por su presencia estelar en mi vida y su apoyo, constancia y paciencia caminando juntos cuatro décadas, tres hijos y este libro.

A mis hijos: Andrés Felipe, el primero; primer lector, primer crítico y primer apoyo; Juan Carlos, por su asistencia técnica y su ayuda desinteresada; Mark Anthony, por la admiración y la confianza que nacen de su entusiasmo y su fe en mí.

A la escritora, académica y periodista colombiana Elvira Sánchez Blake, por su espontánea y meticulosa ayuda profesional en la revisión editorial de este libro.

A la poetisa cubana Odalys Interian y al escritor y crítico de cine residente en Colombia, German Ossa, por sus valiosas observaciones y sugerencias.

A Melanie Márquez Adams, escritora y editora ecuatoriana, profesora de español en la East Tennessee State University quien incluyó una de las historias de este libro en su antología: *Del sur al norte. Narrativa y poesía de escritores andinos*. Su libro ha recibido ya tres importantes reconocimientos en Estados Unidos.

A Pilar Vélez, escritora y poeta colombiana y su organización Hispanic Heritage Literature Organization /Mi Libro Hispano en Miami; incansables promotores de la literatura y los escritores hispanos en Estados Unidos. A las revistas *La Nota Latina y Poetas y Escritores Hispanos de Miami* que han publicado algunas de las historias aquí antologadas.

Muy especialmente gracias a todos mis lectores y, en particular, a los que aman la paz construyéndola en la lucha de cada día por un mundo mejor.

Finalmente, aunque no es costumbre en los libros agradecer a las mascotas, quiero reparar ese olvido recordando a Niño, el perro fiel, protector de mis primeros días. Solo me quedó su foto en sepia. Un ladrón se lo llevó antes que yo creciera y pudiésemos jugar. También a Bambi, acompañante solitaria y silenciosa mientras yo revisaba mis escritos. Siempre roncaba cuando yo leía mis historias en voz alta.

Contenido

- **Prólogo** 11
- **Introducción** 13

- **I**
- **Fantasía de lo inexplicable** 17
  - La despedida del abuelo 19
  - La locomotora que robé 25
  - Últimos duendes 31
  - En memoria 35

- **II**
- **Relatos del abismo que nos une** 39
  - El batallón 37 41
  - Venancia 47
  - La última foto de María 52
  - El profe Thomas 57

- **III**
- **De desplazados a inmigrantes** 61
  - Vivir soñando 63
  - Del sur al norte 67
  - Inés 74

- **IV**
- **Del mundo real, a la ficción del futuro** 81
  - Crónica del último éxodo 83
  - Regreso a las cavernas 90
  - Cibernando 95

Prólogo

Por *Elvira Sánchez-Blake*

Esta colección de cuentos reúne un compendio de memorias históricas, políticas y sociales no necesariamente definida por fronteras. Son temas universales y que competen a todos. La primera parte, «Fantasía de lo inexplicable», comprende unos textos que acuden a la fantasía para rememorar los recuerdos de un niño que se transforma en adulto a través de fantasías que pueblan sus sueños y encienden su imaginación. El fantasma del abuelo, un tren robado, los duendes de su cuarto son los recursos que pueblan esa imaginación como metáforas de aquella infancia perdida y como vehículos de transición hacia la vida adulta.

La segunda parte, «Relatos del abismo que nos une», presenta una visión antagónica a la historia oficial de un país agotado por un conflicto largamente urdido. Los relatos retoman la conciencia de preservar la memoria histórica de la violencia y la lucha por sobrevivir. Es también un recurso para no olvidar, para mantener esa memoria curtida y pervertida por tantas versiones de una verdad porosa y elusiva. Es significativo que el último relato se refiera a ese vocablo perdido por el abuso del uso y el desuso: «la violencia» en palabras de un profesor que fue víctima de la ilusa tarea de enseñar la «Historia».

La tercera parte, «Desplazados o inmigrantes», reúne relatos de migración que se deslizan entre nostalgias y referencias a esa identidad perdida o desmembrada en los linderos de vocablos desvaídos como *patria* o *fronteras*. Las historias son reales y en medio de ellas surge la voz del narrador/autor en sus propias vivencias como inmigrante y la de sus familiares y amigos, que han vivido en carne propia las experiencias apabullantes del exilio y la supervivencia en tierra ajena.

La última sección contiene dos textos de corte futurista con perspectiva distópica que previenen y anticipan una destrucción de la tierra por falta de conciencia ecológica y ambiental y que transportan a los futuros pobladores (no humanos o medio humanos) a planetas desprovistos de las condiciones para una vida natural. El último cuento es una advertencia sobre la importancia del conocimiento almacenado en libros y archivos —tesoros de papel— que no podrán ser desplazados por artefactos tecnológicos.

La colección de narraciones de Julio Garzón cuestiona e indaga sobre temas fundamentales de actualidad. Entre líneas percibimos a un individuo que ha transitado por diversas geografías experimentando desplazamientos y desarraigos; defendiendo identidades y convicciones; cuestionando las historias oficiales y las verdades a medias. Sus cuentos nos trasladan a pasados de nostalgias y a futuros tenebrosos. En todo caso, son desafíos a la imaginación y al entorno que invitan a reflexionar sobre nuestro ser en el mundo.

Introducción

«Escribir es reparar la herida fundamental, la desgarradura, porque todos estamos heridos».
Alejandra Pizarnik.

Para quienes hemos vivido una experiencia migratoria de largos años, las palabras del escritor español Guillermo Díaz-Plaja, en su libro *El oficio de escribir*, adquieren una especial resonancia: «Todos poseemos de nuestro alrededor multitud de versiones. El tiempo acentúa su falsificación y, al pasar unos lustros, adquiere contornos realmente legendarios».

Ciertamente, al cabo de los años, la memoria de hechos y vivencias comienza a desdibujarse y falsificarse bajo el influjo de nuevas experiencias, pero aun en ese proceso, ciertos momentos y circunstancias persisten hasta adquirir «contornos legendarios». Cuando esas experiencias se entrelazan inexorablemente con las de otros, integrándonos en la urdimbre de los hechos cuotidianos y trascendiendo de lo individual a lo colectivo, a través del tiempo; llamamos a eso, *memoria histórica*. La falsificación puede ocurrir por olvido de la propia experiencia vital o la lengua nativa. También suele estar implícita en las historias heredadas que nutrieron y moldearon nuestras vidas, desde los primeros años.

Como vivimos una época apabullante de veloces cambios tecnológicos, sociales y económicos, los pueblos y los individuos suelen, rápidamente, perder contacto con su memoria histórica olvidando, y a menudo desechando deliberadamente, su pasado. Tratándose de eventos traumáticos, los psicólogos explican que olvidar es también un mecanismo mental de evasión, en busca de la autosanación individual. Pero, como somos parte de un colectivo humano, desde el punto de vista de la experiencia social, el olvido apunta en forma negativa, en sentido contrario, y puede terminar reforzando la falsificación de nuestra historia. Me pregunto, ¿cuánto saben o recuerdan las nuevas y no tan nuevas generaciones de nuestra historia, al menos, la de las décadas más recientes? No debe pues extrañarnos la ya recurrente frase: «Los pueblos que no conocen su historia, están condenados a repetirla».

El olvido histórico rebasa el campo de la psicología y se convierte en un hecho político. Cabe aclarar que no son los pueblos, de por sí, los que olvidan sus acontecimientos. El olvido de la memoria histórica es también, a menudo, una estrategia deliberada, fríamente calculada desde los círculos del poder. Y los instrumentos más idóneos para establecer ese olvido son, entre otros, el aparato educativo y los medios de comunicación masiva. Es claro que ambos pueden también contribuir al conocimiento de esa memoria y su divulgación. Eso dependerá del papel que asuman en el contexto de una sociedad autoritaria o democrática; oscurantista o progresista. No es mera coincidencia que la enseñanza de las ciencias sociales, especialmente la historia, sea con frecuencia ignorada, empobrecida y hasta desterrada de los programas educativos. Tampoco lo es que los medios, condicionados por su interés económico en la pauta publicitaria, ignoran o manipulan a menudo los hechos de una sociedad con tal de no incomodar a sus anunciantes.

Cuando esa es la escueta realidad, a los pueblos no les queda otro recurso que las letras. Es tal vez por eso que Plaja sostiene: «La historia es la hermana gemela de la literatura», o sea que «una y otra necesitan del testimonio escrito». Aunque a veces ese testimonio solo nos lleve a una reflexión inquietante y perturbadora como la de Enrique, el niño guerrillero, personaje central de la novela *El niño que me perdonó la vida,* del escritor colombiano Armando Caicedo: «La violencia se convirtió en la fosa común de un país desmemoriado».

Es de entender que la memoria histórica es un proceso colectivo continuo y que la literatura, a través de sus épocas, nos ha brindado siempre «un reflejo recreado de la realidad histórica» (Pedro Basalto Ramírez). Es por ello que someto a su consideración en esta antología relatos cortos como «El batallón 37», «Venancia», «El profe Thomas» y «La última foto de María». No son otra cosa que testimonios, memoria de una época conflictiva en la historia colombiana y, por extensión, de cualquier lugar del mundo. Fueron dictados por la voz, a veces lamento, de sus protagonistas. La vida me delegó la ingrata labor de vivir algunos directa o indirectamente, con la impotencia de un niño de seis o siete años, que ni conocía la historia, ni podía cambiarla. Eso fue hace ya tiempo, pero pareciera que fue ayer.

Incluyo, además, otras historias como «La locomotora que robé», «La despedida del abuelo» y «Últimos duendes». Son nostalgias transitando entre la vida y los sueños. Acaso una catarsis largamente reprimida de la asfixiante realidad, la violencia circundante y las preguntas de un niño de los años sesenta, que nunca hallaron respuesta en los adultos, enmudecidos por el terror de la violencia. «Del sur al norte», «Vivir soñando» y «Crónica del último éxodo», aluden a la realidad presente y al futuro. Dos preocupaciones de carácter universal: la experiencia migratoria y el futuro de la humanidad, que ante las consecuencias cada vez más visibles de su irresponsable y sistemática violencia contra la naturaleza, se empeña en alucinar con mundos alternativos, tan distantes como hostiles, en lugar de acometer, responsablemente, la sanación del planeta que engendró y mantiene la única vida que conocemos.

Julio C. Garzón.

I
Fantasía de lo inexplicable

- La despedida del abuelo
- La locomotora que robé
- Últimos duendes
- En memoria

La despedida del abuelo

Los abuelos vinieron del altiplano, una tierra pródiga y mítica habitada por los antepasados muiscas antes de la conquista. Abuelo era un hombre diminuto y flaco. Aunque ya no trabajaba a causa de su edad, siempre hizo lo que aprendió de sus ancestros: cultivar la tierra de sol a sol. Un poco callado y taciturno, de cuando en cuando, repetía historias originadas en la tradición oral aborigen y a veces hermanadas con la legendaria picaresca española. Más que hablar pensaba en voz alta, mientras cuidaba la huerta casera y los animales.

Eustaquio y Antonia, como se llamaban, fueron mis únicos abuelos conocidos y si por sangre no lo eran, es como si de verdad lo hubiesen sido. Su hijo Fidel, fue mi padre adoptivo. Además de su cariño y cuidado, de ellos recibí los valores y la fe, al igual que un profundo amor por la naturaleza. Don Fidel andaba, por esos tiempos, ocupado entre los quehaceres de su oficio y los flirteos de la juventud. Luz, mi madre adoptiva, huyó un año después de mi adopción, escapando de los abusos y maltrato de mi padrastro. Tampoco llegué a conocerla. Quiso llevarme consigo, pero sabía que él la perseguiría, no importaba dónde se escondiera.

Cada noche, mientras abuela cocinaba la cena en un empírico fogón de piedras y leños chispeantes, abuelo contaba sus relatos predilectos de Cosiaca y Pedro Rimales, dos pillos vagabundos incorporados por la imaginación popular al acervo cultural de la región. La astucia de estos dos rufianes embaucadores no tenía límites. Un día le vendían el río a un incauto comprador; y otro, engañaban al mismísimo diablo o plantaban a la muerte con sus trucos.

La abuela tenía sus propios méritos. Además de hacendosa y diligente, era depositaria del conocimiento tradicional. Yo escuchaba en silencio sus certeras premoniciones al descifrar en el crepitar de la madera ardiente, la inesperada visita, enfermedad o muerte de algún pariente lejano, predecir en las fases lunares el estado del tiempo y la abundancia de las próximas cosechas o invocar en las *ánimas benditas*, la memoria de algún pariente fallecido. En materia de hierbas y remedios caseros, Antonia tenía siempre la mejor cocción.

Si unas historias me causaban risa o asombro, otras me daban miedo o tristeza. Estas venían después de la cena, entre sorbo y sorbo de agua-café y uno que otro trago de chicha o aguardiente, cuando los peones se reunían en torno al fuego para comentar las incidencias del día, mientras les agarraba el sueño.

Los más terroríficos relatos aparecían en el umbral de la obligada vigilia y uno se aguantaba hasta las ocho, las nueve... picado por la curiosidad de conocer el final de historias como la Madre Monte, la Patasola, la Candileja, la Llorona o el Mohán; espíritus atormentados y maléficos que deambulaban en pena, en medio de la noche y la niebla montañera, apareciéndose a los caminantes desprevenidos, los infieles y los malvivientes. Razón tenía yo en amanecer empapado de los meados, lo cual me garantizaba una fuetera matutina, aparte de las palizas rutinarias producto de mis pilatunas y desobediencias. Tal vez por un acto de bondad filial, los abuelos se esforzaban por reducir la ración frecuente de palizas, con la singular advertencia: «Si no te portas bien, volveremos después de muertos para halarte de las patas».

Cuando el abuelo enfermó de la próstata fue a parar al hospital por un par de semanas. Se habló de una cirugía urgente, pero finalmente los médicos convencidos que no resistiría, lo dejaron solo con medicamentos paliativos y don Eustaquio regresó a casa. Pálido y ojeroso como estaba, todos pensaron que moriría pronto y me preocupé. Eso significaba que el anunciado retorno desde la muerte se aproximaba y yo no tendría escapatoria.

Seguí creciendo y el abuelo no moría. Un día me fui de casa para no volver, y nunca más pude verle o sentirlo hasta esa misteriosa madrugada veraniega, años después. Pasado un tiempo, me hubiera gustado mostrarle que ya era yo un hombre «hecho y derecho» como él siempre quiso. Hasta le hubiese pedido perdón por el codazo que le di en el vientre para detenerlo, el día que enloquecido de rabia, por no recuerdo bien que motivo, arremetió con golpes y amenazó con su viejo machete a la abuela y la tía Toña. Don Fidel, de quien esperaba una paliza, terminó aprobando mi reacción, pues conocía de sobra sus iras descontroladas. Mi relación con el abuelo, nunca volvió a ser igual y él no olvidó aquel incidente, «Cuando muera, volveré para halarte por las patas», repetía.

Yo mismo estuve cerca de ser víctima de su cólera. Tendría unos cinco años, el día que lo visitó su mejor amigo. Quedé fascinado con la bicicleta del visitante, recostada en la vieja pared de bahareque del patio. Era la primera vez que veía una bicicleta nueva, con brillantes espejos, tuberías niqueladas y coloridos acentos. La acaricié tiernamente como a las ovejas que yo pastoreaba y a la vieja mula que a veces cabalgaba el abuelo. No podía ni sabía montarla. Me conformé jugando con el reluciente inflador metálico adherido a una de sus barras y tras descubrir el aire que salía del artefacto, terminé cansado de soplármelo en los cachetes y las orejas. No recuerdo si escondí u olvidé el inflador en una zanja a la orilla del patio, pero lo que siguió se me quedó indeleble en la memoria, como uno de esos antiguos petroglifos grabados con extraños símbolos.

El visitante volvió al notar la ausencia del artefacto cuando ya llevaba medio camino de regreso. Al no encontrarlo me convertí en el único sospechoso. La mirada inquisidora del abuelo se clavó en mis ojos: «Guámbito mugroso ya vas a ver; ¡me lo vas a entregar ahora mismo!». Pasmado y lloroso, corrí a la zanja y les mostré el lugar de mi travesura, sin atreverme a tocar el cuerpo del delito.

El fogón ya humeaba en el patio, donde la abuela preparaba el revuelto para sus calderos. Rojo de la rabia, el abuelo me levantó como un muñeco de trapo y me llevó hasta la hoguera. Sujetó mi cuerpo entre sus piernas juntando mis manos y acercándolas al fuego. Ya empezaba a sentir el calor rugiente de la candela, cuando la abuela se abalanzó sobre él, empuñando un largo tizón enrojecido y gritando: «Viejo bruto, ignorante, ¿cómo se te ocurre?... Si te atreves a quemarlo, voy a meterte esta candela en el fondillo. Esa no es la manera de enseñarle a un niño». Nunca vi tan resuelta a la abuela como aquella tarde, ni al abuelo tan indefenso como yo. Él tuvo que tragarse su enojo y soltarme, pues sabía que ella cumpliría su palabra sin titubear. La tarde se llenó de dimes, diretes y unas cuantas palabrotas. Tuve que mantenerme, varios días, tras las faldas de la abuela, sin perderle pisada, hasta sentirme seguro de nuevo.

Abuela repetía que las almas en pena siempre regresan a desandar sus caminos, agobiadas por la tristeza de la muerte, porque añoran a los vivos, o no encuentran sosiego en el más allá y quisieran reparar los errores de sus vidas pasadas, pero ya no pueden, pues las fronteras entre el mundo de los muertos y los vivos son infranqueables. Según ella, los muertos suelen retornar para mortificar a sus detractores. Yo lo había olvidado, casi por completo, aquella noche que pasé en vela leyendo las increíbles hazañas de un hidalgo caballero de La Mancha, hasta que me venció el cansancio. Recuerdo que caí en uno de esos sueños profundos de los que nada ni nadie nos despierta. Ni siquiera el calor agobiante de un ardiente verano, ni la sombra onírica de siniestros gigantes en la mitad de una llanura apartada.

Entre sueños, empecé a sentirme vigilado en la oscuridad del cuarto. Estaba solo y percibía que el espacio circundante se llenaba de cierta inexplicable energía. Ubicado al lado izquierdo de la cama sentí algo que parecía levitar en el ambiente y se reclinaba con sigilo a mis espaldas, como si no quisiera despertarme. El silencio unido al sopor de la noche era cada vez más inquietante. Adormilado, evalué confuso el momento. Una presencia intrusa reposaba cínicamente junto a mí, sin rozarme, y aunque no hizo ruido alguno podía sentir su peso sobre el colchón. No tuve miedo, pero no esperaba visita, nadie tenía copia de mi llave y no había mascota alguna. Consciente e inmóvil decidí sorprender al visitante, sospechando que fuese un ladrón. Tras largos segundos de espera e indecisión, con el aliento contenido, salté como un resorte hacia la pared y encendí la bombilla. No encontré nada: la cama vacía, las puertas y ventanas aseguradas. El silencio se detuvo en medio de la madrugada y mi respiración se volvió agitada.

Tiempo después me acostumbré a pensar que aquella experiencia no fue sino una pesadilla, y que todo este relato solo era producto de mi imaginación. El telegrama enviado por algún familiar, con un par de meses de tardanza, trajo luz a la oscuridad de aquella extraña noche. Anunciaba lacónicamente la muerte del abuelo; ¡aquella misma noche y a la misma hora en que yo perdí el sueño! La nota terminaba explicando cuánto me buscaron sin encontrarme y lo mucho que preguntó el abuelo por el nieto ausente, antes de expirar.

New York, 27 de septiembre del 2016.

La locomotora que robé

Corrían los años sesenta y la vida parecía tomar el ritmo galopante de las locomotoras a vapor, cuyo recuerdo me desvela esta madrugada. Tendría apenas seis años en aquel entonces, y mi noción más palpable de la velocidad eran esas emblemáticas máquinas de los Ferrocarriles Nacionales, que a diario iban y venían para mi entretenimiento y el de mis compinches de barrio.

Nada nos cautivaba tanto como esos negros monstruos metálicos que parecían surgir de las entrañas de la tierra, con su interminable w u u-u u..., su ferroso estruendo y sus números distintivos que permitían identificarlas a la distancia. En aquella improvisada comunidad de bahareque y techos de hojalata, la 33 o la 111 eran, a nuestra edad, verdaderas atracciones mecánicas rodantes, el equivalente de una ciudad de hierro, nuestro parque Walt Disney, todo junto. Nos pertenecían y apasionaban por igual, como el patrimonio colectivo de los sueños y la imaginación.

El silbido lejano era el detonador mágico de nuestra curiosidad y en segundos los precarios caminos del barrio El Yunque, casi siempre llenos de lodo y piedras, se llenaban de chicos descalzos como yo, corriendo a la cita en el gran barranco. Las veíamos pasar, contando uno a uno sus vagones. Era un goce, casi un rito diario, ver a los maquinistas enfundados en su uniforme azul, ennegrecido por el hollín. Parecíamos soldaditos de plástico en formación, saludando a sonrientes y obesos generales que agitaban sus manos, activando la campanilla de bronce en señal de agradecimiento.

El paso del tren, y su larga fila de vagones rojos, era el gran suceso de nuestra infancia colectiva. Lo demás era la existencia diaria, dura y aislada en un apartado barrio de invasión, carente de servicios públicos básicos como el alcantarillado, el agua potable y la electricidad. Lo demás era la ausencia de un parque, o un pedazo de grama donde jugar a la pelota; las epidemias del paludismo, la viruela o la polio y muy a menudo, la muerte que rondaba cerca, muy cerca, como cuando visitó a mi vecino de al lado antes de cumplir su primer año. Le vi morir asfixiado por un «rebote de lombrices» estomacales que sus padres atribuyeron a un «mal de ojo». Los míos fueron sus padrinos de emergencia aquella noche tormentosa, cuando un cura renuente fue traído en la madrugada para bautizarle, porque según la creencia popular, «los recién nacidos son ángeles inocentes, pero solo van al cielo si han recibido el bautizo, como Dios manda».

Inocentes o no, cada uno de nosotros tenía su cuota de esfuerzo en el quehacer colectivo por la subsistencia. A los cinco años, cargando dos latas vacías de manteca, yo debía traer diariamente el agua desde la *mana*, un pozo de mediana profundidad cavado a la orilla de la línea férrea, a unas cinco cuadras del rancho. Hacía varios viajes para llenar dos grandes canecas metálicas de cincuenta galones cada una. La del patio, para el baño, la limpieza y el riego de las plantas; y la de la cocina, para el consumo diario. Había que madrugar. Llegar tarde al manantial significaba encontrar el agua revuelta y barrosa y una dosis de cantaleta familiar.

A veces, la gran bestia mecánica resoplaba como un dragón enojado, arrojando un cálido y espeso vapor blanquecino que la hacía más enigmática y colosal, mientras los rieles crujían bajo el peso de sus cincuenta toneladas. Lo mejor era cuando acarreaba vagones de pasajeros. Nos llenaba de alborozo incontenible ver a los viajeros alzando sus manos para responder a nuestra bienvenida. Luego, una repentina soledad nos embargaba, mientras el tren se tornaba diminuto en la distancia y tras su trepidante retirada, regresaban los sonidos del bosque cercano y el coro febril de las chicharras, en esos días eternos del calor. Otras veces, disfrutábamos en silencio el cansado paso del tren cargado de mercancía: productos del campo, café, automotores y combustible para la ciudad cercana. Era frecuente que algunos chicos, los más atrevidos, bajaran al borde de la carrilera para correr tras los últimos vagones y luego saltar sobre ellos, ganándose un *aventón* gratuito a la ciudad.

Mientras crecíamos, el tren y su pujante locomotora disipaban el hastío en aquel barrio perdido a las afueras de la ciudad. Un buen día... o quizás un mal día, como por arte de magia, las cosas cambiaron. El acostumbrado estruendo metálico desapareció y el ya familiar w u u-u u..., se transformó en un inusual artificio electrónico similar a la sirena de los trasatlánticos. Lo entendí viendo la televisión años después: las legendarias locomotoras fueron reemplazadas por modernas máquinas Diésel, más veloces y silenciosas, con un diseño aerodinámico diferente al de sus predecesoras. Eran coloridas y voluminosas pero menos pesadas y se les conoció como *autoferros*.

Fue duro acostumbrarnos al cambio. No volvimos a ver el paso de aquellas impetuosas maravillas de ébano con sus campanadas, su chorro de humo negro contaminante y su inconfundible sonido; que hoy parece diluirse entre la bruma del tiempo y los primeros recuerdos. El autoferro era otra cosa. Nuestro nuevo juguete era menos divertido. El conductor ya no aparecía por ninguna parte. Conducía encerrado tras un pequeño parabrisas de cristal, instalado en lo alto de una cabina de controles. El paso era tan fugaz que la figura sonriente y cálida de los pasajeros se tornó borrosa y fantasmal. Pese a que la percepción era diferente continuamos, no sé por cuánto tiempo, aquel ritual de la infancia en el barranco de la carrilera.

Tomó poco tiempo saber que la Diésel había llegado para adueñarse del viejo ferrocarril y de nuestro entorno visual. Pronto aprendimos que también el dolor había llegado con la nueva máquina. En solo unas semanas esta adquirió una luctuosa reputación. Las muertes de niños y vecinos de los barrios aledaños a la línea férrea, atropellados por la Diesel, fueron en aumento. *El Cronista*, un viejo diario amarillista de letras y fotos cuya tinta se quedaba en los dedos, comenzó a llenarse de esas noticias que yo aún no sabía leer, pero sí podía ver.

Algunas fotos eran las de mis amigos que algún día celebraron conmigo el paso del tren y murieron intentando, temerariamente, el equilibrio sobre los rieles al caminar o saltar para lograr el aventón. Era divertido. Lo hice muchas veces. El trayecto del tren, hoy una autopista llamada Avenida Ferrocarril, era en esa época vía obligada de tránsito peatonal desde el barrio a la ciudad y viceversa, pues tampoco llegaba por allí el transporte público. Por eso, entre las víctimas, también hubo adultos desprevenidos y uno que otro suicida despechado o, tal vez, decepcionado de la vida opresiva y vacía de aquellos días.

Se acercaba la Navidad. De visita en el gran Museo del Ferrocarril en Lancaster, Pennsylvania, la memoria volvió por caminos ya recorridos. No sé cómo se me ocurrió robar la locomotora abandonada. Muchas terminaron en los talleres ferroviarios por todo el país desde que el gobierno decidió sacarlas de circulación. La idea del robo estuvo dando vueltas en mi cabeza varios días mientras recordaba aquello de «no robarás» en la lista de pecados capitales del padre Astete, y cuando la veía como chatarra abandonada a su suerte, sin que a nadie le importara. Estaba ahí con sus vagones desparramados, como esperando que alguien le encontrara un lugar más digno y acorde con su ilustre pasado. Pensé que nadie se ocuparía del asunto si me la llevaba y, pese a las dudas, cedí a la tentación. La oculté temporalmente en el gran patio detrás de la casa, sembrado de cafetos, plátano y un inmenso árbol de aguacate. Un escenario perfecto, pensé, para esconder mi delito, aunque los vagones dispersos podían ser descubiertos en cualquier momento.

Soñé varias noches conduciendo la treinta y tres por parajes agrestes, ascendiendo escarpadas cordilleras, atravesando valles umbríos, florestas coloridas y lagos resplandecientes. Viajé tan lejos en el tiempo y la distancia que me perdí en desiertos inhóspitos cruzados por diligencias y vaqueros armados de rifles y pistolones. Mi locomotora resistía tanto el calor y los vientos, como la embestida salvaje de indios aguerridos certeros con sus hachas y flechas. Con su espíritu indómito ella cruzaba, por igual, estrechos puentes y empinados acantilados.

Yo evadía la vigilancia familiar y me camuflaba en la vegetación circundante para visitarla de cuando en cuando y contemplar su rígida geometría ribeteada de remaches. Deseaba tenerla a mi alcance por el tiempo que fuera posible, mientras la conciencia me acosaba para devolverla a su lugar original. Sería imposible ocultarla por mucho tiempo, aunque ella me proporcionaba cada noche una nueva serie de aventuras en los territorios desconocidos de mi imaginación. Por esos días ya estaba cansado del mismo camioncito sin conductor, cargado de diminutas vacas plásticas que *el niño Dios* me traía cada año.

Villancicos y canciones de paz y amor inundaban siempre el ambiente navideño de esos días en la vieja y entrañable ciudad de alegres notas, donde nací y crecí. Me convertí en un ladrón arrepentido. Decidí regresar la locomotora, causa de desvelos y noches sin fin, al solar donde la encontré. Fue entonces, cosas del azar, cuando me enteré de que mi tren, una delicada réplica a escala de gran realismo y precisión traída desde el Norte por algún familiar inmigrante, perteneció a uno de mis amigos, antes que muriera triturado por el autoferro como reportó *El Cronista*.

Con el paso del tiempo mi barrio, engullido por el ímpetu urbanístico, ya no es el mismo, «es un lugar cualquiera»; las trochas enlodadas son ahora calles y avenidas. Ni siquiera la magia contagiosa de las navidades pudo traer de regreso tanto a la locomotora y el autoferro como a los amigos muertos y los vivos que se marcharon para no volver. Dicen que todavía, de tarde en noche, el aire cálido parece traer notas de viejos bundes y raja leñas, confundidos con el silbido insistente y lejano de un viejo tren que nunca más regresó.

New York, 23 de diciembre del 2016.

Últimos duendes

Los descubrí una noche de luna llena, estáticos e impasibles. Formaban parte del ambiente circundante, como si trataran de pasar desapercibidos. No supe cuánto tiempo llevaban mirándome sin articular un solo sonido. Diminutos, de aspecto extraño y grave, semejaban hombrecillos plásticos de partes movibles y escala reducida, réplica de héroes y villanos de la tele, que por aquellos años empezaban a vender las tiendas de juguetes. Eran duendes y estaban ahí, en mi propio cuarto. Los claros rasgos de su apariencia humana, lejos de infundirme temor, avivaron mi curiosidad. Con el tiempo me acostumbré a su mirada frívola, vacía de emociones, siempre escrutadora pero inofensiva, distante y cargada de mutismo.

No eran seres inertes. Tampoco simples figuritas plásticas de producción serial. Por el contrario, tenían vida o, mejor dicho, parecían animados por una fuerza extraña, una magia desconocida e inexplicable que les infundía humanidad, al tiempo que les negaba el don de la palabra. Cada uno tenía su propia apariencia que intercambiaban con frecuencia, cruzando unos a través de otros como si fuesen artificios holográficos. Pese a su enajenada e inmutable indiferencia, fueron compañía en momentos de soledad, me asustaron apareciéndose en los lugares y momentos más inesperados y, algunas veces, hasta reñí con ellos, por distraerme de mis deberes escolares.

Ellos avivaron mi fantasía en esos años de la infancia, y aún guardo en la memoria su recuerdo. Parecían vivir en la línea fronteriza entre dos mundos paralelos, incongruentes y disparatados: el suyo, híbrido de realidad y encantamiento; el mío, torbellino de impulsos y sueños juveniles. Lo descubrí como en una revelación, las dos o tres ocasiones que, empujado por la curiosidad, traté de tomar alguno de ellos entre mis manos. Al juntarlas no había nada en ellas, estaban vacías y el escurridizo visitante aparecía en otro lugar, observándome con su habitual indiferencia. Nunca terminé de entenderlo y oculté siempre mis encuentros con aquellos intrusos, mezcla inocua de fantasmas fugaces y burlones duendes.

Aparecían a menudo en una blanquecina bruma evanescente que penetraba ventanas, rendijas y cerraduras. Tras tomar su forma humanizada, se escurrían por todos los rincones en silencioso tumulto, traviesos y desordenados. Recuerdo cuando en medio de su juerga rompieron el viejo jarrón, tesoro de la abuela, una memoria vítrea de sus días gloriosos. Asumí estoicamente la reprimenda esperada. Además de violar un tácito pacto de silencio, una historia de duendes en juerga rompiendo un jarrón, solo hubiese aumentado el incrédulo enojo de los adultos.

A veces parecían levitar en una atmosfera de fantasías oníricas, derritiéndose en el sopor del verano o diluyéndose en ondas repetitivas sobre los cristales manchados, en los días invernales. Jugueteaban como marionetas de trapo, cabalgando los vientos de agosto o se infiltraban en las gotas de lluvia, huyendo de los soles calcinantes. De repente, les hallaba echados en los rincones, agazapados en los roperos o pegados a las lámparas, como las salamandras a las rocas. Jamás supe cómo se llamaban y, por eso, les puse nombres que nunca dije.

Preferían la biblioteca, no sé si por el añejo olor a pulpa de mis libros, quizás para hibernar bajo el cobijo de polvorientas páginas o, tal vez, para escudriñar el secreto latente de milenarias voces impresas. Parecían irreverentemente humanos, durmiendo en las escalinatas o balanceándose parsimoniosos al vaivén de la lámpara colgante, en el centro de la estancia. Irradiaban a veces una desidia ancestral y disfrutaban desapareciendo objetos y pertenencias familiares. Recuerdo, como si fuera ayer, una tarde estival de agobiante humedad, a la hora de almorzar. La carne diminuta en mi plato humeaba todavía al desaparecer, como solía suceder con mis libros y manuscritos, mis dibujos y golosinas, que después encontraba en insospechados lugares o se esfumaban sin dejar rastro.

La radio parecía ejercer un poder de disuasión que les hacía entrar en desbandada. Se iban al medio día o en las tardes, cuando sintonizaba las noticias. Era algo así como un acto de renuncia colectiva de exactitud cronométrica, tan súbito como sus apariciones. Llegué a creer que no querían saber del dolor mudo de la tierra, los lamentos, las orgías, ni los odios. Hasta tenían su propia manera de morir. Era un final sobrenatural, simbiosis mística de muerte y resurrección simultáneas. Los vi a veces transfigurados, reventando como las burbujas espumosas de una ola en retirada. Sus partículas esparciendo en el aire nuevos duendecillos germinales, volviendo a nacer.

No puedo precisar el momento de su partida final. Desaparecieron de pronto uno de esos días sin una profecía, ni tan siquiera una premonición, en el umbral entre fantasías subyacentes y escuetas realidades. Sucumbieron, quizá, en el luminoso instante de una lejana conjunción cósmica o acaso dejaron de existir al unísono, en ese insondable vacío entre la vida y el tiempo cuando todo cambia de repente, porque sí, porque la infancia deja de serlo y entramos, sin darnos cuenta, en la dimensión del deber y las obligaciones cotidianas; cuando la vida sufre la inexorable mutación entre los sueños y las prioridades.

Todos se fueron sin dejar huella. Hoy solo prevalece un inconcluso manuscrito de desdibujadas palabras encontrado, por azar o por designio, en el ocaso de un otoño irrepetible y la confesión de un olvidado pintor de abstracciones alucinantes que dejó testimonio en sus lienzos de la presencia de los duendes. ¿Dictaron aquellos visitantes trashumantes y burlones este relato de borrosas letras escarlata, o fue la revelación inusitada de pinceladas frenéticas y recónditos impulsos?

Oculto entre decenas de amarillentas hojas extraviadas por décadas, emerge de pronto un manuscrito de desteñidas letras rojas. El autor se reencuentra con la narración extraviada que dejó inconclusa en algún momento de su juventud y, transcribiendo cada palabra, escribe su final en el ordenador. Los duendes que le inspiraron ya no están, ahora son un espejismo. ¿O tal vez… siempre lo fueron? Acaso la respuesta se halle junto a las cosas perdidas y las ilusiones truncas, gravitando el paso de las épocas, bajo la raíz profunda de un vibrante arco iris, en las montañas agrestes y remotas del sur.

Colombia, 1985.

En memoria

El alba luce esquiva esta madrugada, mientras el cielo dibuja súbitos resplandores, anticipando un día de lluvia tropical. Sin conciliar el sueño intento ponerme en pie pero mi cuerpo se niega torpemente a obedecer. Con solo unos meses en Florida, me resulta extraño que la *ciudad mágica,* casi siempre bañada por el sol, amanezca más tarde que *la gran manzana,* abrazada la mayor parte del año, por fríos y vientos. Razón tendría la abuela al decir con frecuencia: «No por mucho madrugar, amanece más temprano».

Mientras espero la luz solar, Abuela y Nori, mi madrastra, emergen en un sonámbulo recuerdo, vagando como aves mañaneras por mi mente en penumbras. Me cautiva la evocación mágica de estas dos inolvidables mujeres. Sin educación formal las dos fueron tal para cual, en materia de conocimiento empírico e inventiva familiar. Por su lado, Nori conocía un montón de recetas y recursos domésticos. Pero su sapiencia en cocina criolla y curaciones insólitas, venía de esa fuente de conocimiento ancestral que era su suegra. Sin lugar a dudas fue Antonia, mi abuela, quien la inició en los secretos de plantas curativas y la convirtió en veterinaria casera. Con su habitual tono de humildad y sabiduría campechana, ella repetía a menudo otro de sus incontables refranes: «Más sabe el diablo por viejo, que por diablo».

Había en la casa variedad de animales domésticos, en especial gallinas, escarbando febrilmente cada centímetro del solar. Eran frecuentes sus empachos y los de sus polluelos, debido a su naturaleza ávida y glotona, por lo que morían a menudo afligidas y aisladas con su plumaje erizado, tras días sin poder comer.

Cuando los masajes y pócimas de la abuela llegaban tardíamente, el último recurso era la cuchilla Gillette de mi madrastra, hada madrina de los animales, siempre dispuesta a cualquier cosa por su bienestar. Tendría cinco años cuando me convertí, sin desearlo, en su asistente quirúrgico. Su procedimiento era tan elemental como eficaz. Empujaba con un gotero, en el pico abierto del ave, un par de tragos de aguardiente. En pocos minutos, el atontado polluelo rodaba por el suelo, apuntando sus dos patas al cielo, como el borrachito del barrio.

Mi trabajo consistía en sujetar el alcoholizado pajarraco, envolverlo en los retazos de una vieja toalla e improvisar, con cuidado, el instrumental quirúrgico de mi madrastra: aguja de costura, carrete de hilo blanco, algodón, alcohol antiséptico, tintura de *merthiolate*, tijeras y su infaltable cuchilla de afeitar. Los instrumentos metálicos eran esterilizados en alcohol y, finalmente, sometidos al fuego purificador de una veladora, hasta adquirir una coloración azulosa. Mi devota madrastra nunca empezaba una cirugía aviar sin antes invocar a San Martin de Porres con un par de oraciones, ritual en que yo era acólito obligado, repitiendo retahílas que nunca terminé de aprender.

Me estremecía conteniendo la respiración al ver la cuchilla deslizándose sobre la panza hinchada y endurecida del emplumado paciente. Un fino trazo de sangre aparecía y, expuesto el buche, Nori practicaba con mano firme una incisión profunda que rápidamente dejaba ver un amasijo de coloridas piedrecillas revueltas con gránulos de arena, maíz, lombricillas, grillos a medio digerir y uno que otro objeto plástico, como botones y hasta pequeños clavos o tornillos, perdidos tiempo atrás en el solar.

El procedimiento concluía con una sutura meticulosa, seguida de unos tres días de convalecencia al interior de una caja de cartón. Impedido de haraganear libremente por el patio, el polluelo era puesto en observación con una dieta controlada como en el mejor hospital. Al final, emergía de su envoltorio de trapos aleteando como un ave fénix, listo para reanudar su rutina al lado de la pollada que le recibía con algarabía. La fama de improvisada cirujana avícola no se hizo esperar. Hasta donde me lleva la memoria, mi madrastra nunca negó sus modestos y gratuitos servicios ni al más huraño de sus vecinos.

Pasado un tiempo, el paciente de marras ya curado se confundía de nuevo con sus compinches en la vida bulliciosa del solar. Por supuesto, su longevidad quedaba predestinada por la suerte o la presencia ocasional de algún distinguido visitante que, por regla general, abuela celebraba con un humeante sancocho de la mejor gallina. Cada vez que una fina hebra de hilo blanco se enredaba en los dientes de un preocupado comensal, los invitados evocaban, entre risas y elogios burlones, la partida final de la gallinácea que en vida fuera paciente de mi madrastra.

La luz del amanecer se ensombrece con los tonos ceniza y negro de un cielo cargado de truenos y lluvia torrencial, pronosticando un sol tardío. Miro a través del cristal, donde las gotas de agua empiezan a deslizarse en una constelación de diminutos mundos transparentes y me parece ver las imágenes hacendosas de mi abuela y su diligente nuera, insinuándose fugazmente en el claroscuro relampagueante del nuevo día. Quisiera yo saber algún día si las recetas y pociones milagrosas de la abuela, y las habilidades veterinarias de mi madrastra, siguen gozando, en el más allá, de la misma aceptación que tuvieron durante su vida terrenal.

Miami, julio del 2017.

...«*una guerra que nadie ganaba nunca, que ya duraba muchas décadas y que cada vez generaba más odios; una guerra donde agravios y reparaciones se heredaban de generación en generación, en una cadena interminable de dolor y de sangre*».

Narrador omnisciente. Novela: *Espiral de Silencios* de Elvira Sánchez Blake.

II
Relatos del abismo que nos une

- El batallón 37
- Venancia
- La última foto de María
- El profe Thomas

El batallón 37

Unas horas después del asesinato el centro de la capital ardía en llamas. La lluvia torrencial no apagó los fuegos y menos la rabia de la turba enfurecida. Otras ciudades del interior se sumaron a la revuelta. No era una guerra, o tal vez... sí, porque ese 9 de abril de 1948 conocido como «El Bogotazo», la capital maquillada con palacios restaurados, avenidas ampliadas y banderas multicolores ondeando para recibir la IX Conferencia Interamericana; terminó pareciéndose a una ciudad bombardeada. El país no volvería a ser el mismo y el tío tampoco.

Ese día él fue acuartelado en primer grado. Hoy ya no recuerdo cómo llegamos a este asunto en el curso de una conversación. El tío, un viejo trajinado y curtido en el correr de los años, había tenido un día tranquilo y animado. Lo recuerdo sentado en la cama, su espalda apoyada sobre un almohadón. Tenía la expresión serena, la voz pausada y las dos manos cruzadas sobre las piernas cubiertas con dos grandes frazadas. El Alzheimer había cedido un poco y el conversó con la claridad de otros días. Su memoria lejana estaba intacta, aunque no retenía los hechos recientes. Siempre tenía algo que contar, pero me sorprendió porque nunca antes habló de su paso por el Batallón Guardia Presidencial y su participación en la defensa del Palacio de Nariño aquel día terrible, cuando toda la nación se dejó arrastrar al abismo oscuro de una guerra no avisada.

Por la ventana del *nursery home,* un centro de reposo para pacientes terminales, la nieve intermitente de un gélido invierno en Queens, Nueva York, le hizo añorar los días soleados que vivió en su finca de la zona cafetera, en Risaralda, Colombia. Recordó sus primeros años, los viejos, la escuela, la siembra y cosecha del café, el primer amor y el duelo mortal con aquel rival, que terminó cuando él desenvainó velozmente su machete, en defensa propia. Su huida de unos años fue el camino al servicio militar y por ahí se abrió la puerta a la guardia presidencial.

Ahora, al borde de los noventa, lamentaba el día triste, cuando después de servir a la nación y tras arduos años de trabajo en el cultivo del café, tuvo que abandonar su finca y un país sumido en la encrucijada de viejas y nuevas violencias políticas, narcotráfico, guerrillas, paramilitarismo y bandas criminales.

«Tanto joderse uno...y ahora míreme aquí», empezó a decir. Atormentado por la muerte reciente de su esposa y cansado de recibir amenazas y pagar extorsiones llamadas irónicamente *vacunas*, por los grupos armados. Su última alternativa fue emigrar a Estados Unidos.

Nadie supo con certeza cuántos fueron los muertos y heridos en las ciudades destruidas y el costo de los daños en la revuelta de esos días aciagos, donde reinaron el rencor, la rabia y la barbarie. Jamás, en su larga historia de violencias y desencuentros, conoció la nación una debacle de tales proporciones, la confrontación directa entre un estado indiferente y un pueblo herido en su fibra más honda. Reclamaban justicia por el asesinato del hombre que representaba su única esperanza y quien les había dicho: «Yo no soy un hombre, soy un pueblo». Todo el mundo, incluido el Gobierno americano, sabía con certeza que aquel «indio», como le llamaban despreciativamente sus adversarios, gozaba del apoyo popular y sería el ganador en las siguientes elecciones.

La fotografía en blanco y negro de Gaitán, al lado de una colorida litografía del Sagrado Corazón de Jesús, parecía querer emparentar lo terrenal y lo divino, compartiendo el devoto tributo de la veneración popular en los hogares de millones de seguidores. En esa foto aparece un hombre pulcro de mirada directa y apacible. El mismo que la historia oficial suele presentar, simplemente, como un populista radical de discursos incendiarios, ignorando su exitosa carrera de brillante abogado, ministro de trabajo y educación, magistrado y alcalde.

Gaitán proponía una revolución legal dentro de los marcos constitucionales en un programa que se comprometía con los más necesitados. Su trayectoria, sumada al contundente poder de su palabra, su compromiso y su origen ligado a los humildes de la tierra y las ciudades, causaron la preocupación de los sectores más conservadores de la sociedad, incluido el clero, quienes temían perder sus privilegios y aborrecían su plataforma de cambios. Los americanos compartían la misma percepción a juzgar por sus propias palabras: «Vemos sus triunfos políticos con considerable aprehensión. Quienes lo conocen aseguran que él no quiere a Estados Unidos»*.

A sus enemigos solo les quedaba el recurso final del soborno o la eliminación física del candidato, y no vacilaron en usar ambos. Al fallar el primero, no dudaron en planear el crimen, concebido como la acción de un asesino solitario y resentido. Un plan de impecable diseño al mejor estilo de la CIA, que el agente John Mepples Espirito, o Georgio Ricco, uno de sus artífices, confesaría públicamente años más tarde. La víctima, señalada arteramente por un colaborador cercano que le toma del brazo saliendo de su oficina, y se separa maliciosamente cuando aparece el asesino. Este, un pobre diablo, termina linchado por

---

* John C. Wiley, embajador de Estados Unidos en Colombia. Del informe sobre el candidato presidencial Gaitán, enviado al Gobierno americano el 16 de mayo de 1946.

la turba, eliminándose así la principal evidencia. Un segundo gatillero, camuflado a corta distancia entre los transeúntes y la confusión, se asegura primero que el asesino sea atrapado. Luego, desaparece en un misterioso auto que se aleja sin dejar rastro. Finalmente, un pretendido *diálogo* entre gobierno y oposición para conjurar la crisis. Los tanques tendrían la última palabra.

Aprovechando el clima imperante de la guerra fría, avivado por la Conferencia Interamericana, se desvía la atención culpando a la entonces llamada Unión Soviética. La impunidad total cerraría con broche de sangre el episodio. Minutos después de los disparos mortales, la capital empezó a llenarse de espanto y muerte. La ira colectiva se tornó rápidamente en una fuerza ciclónica, cargada de insultos y consignas contra el gobierno en medio del resplandor de incendios, disparos y lamentos de heridos.

El gobierno ordenó controlar la revuelta a sangre y fuego. Ni el tío ni los demás hombres del Batallón de Infantería número 37, apostados a ras del suelo en las inmediaciones del palacio, tenían alternativa distinta a la de cumplir esas órdenes. Recordó cabizbajo: «La gente caía y mientras unos caían otros llegaban. Mis compañeros y yo solo disparábamos. No supimos cuantas veces se repitió la orden. Solo disparábamos». Decenas de cuerpos en la primera andanada de disparos. Enseguida otra descarga y después otra...y otra. Más lamentos y más muertos, en aquel caos preñado de dolor y de rabia.

El pueblo iracundo no se había levantado para huir al primer disparo, por eso, se replegaban y regresaban. Estaban ahí para avanzar, o morir en el empeño. Los tanques del ejército enviados a reforzar la defensa del palacio, avanzaron pacíficamente por las calles atestadas de insurrectos. La gente les abrió paso. Pensaron que llegaban apoyando la revuelta, como lo hizo un sector rebelde de la policía, al repartir algunas armas entre los amotinados. Una vez en posición, giraron sus cañones y el tableteo de artillería de las M-13, fue la única explicación y la última respuesta escuchada aquel día.

Pregunté si los alzados tenían armas de fuego. El tío calló, sin levantar la mirada, como si lo reviviera todo en su interior. Tras una larga pausa agregó con un gesto, mezcla de suspiro y risa: «Muy pocos tenían esos fusiles que les entregó la policía, algunos blandían viejas escopetas y pistolas, machetes, o herramientas caseras. La mayoría estaban desarmados y desorganizados. Solo gritaban, avanzaban y caían, se retiraban y volvían». Hizo otra pausa y agregó: «¡Tantos muertos para nada... por ese país de mierda!». Fue la única vez que habló de los sucesos del nueve de abril.

Sólo aquel día pude entender por qué nunca mencionó aquella medalla que le fue conferida por su «lealtad, servicio distinguido y conducta intachable». No la exhibió, no la colgó orgullosamente en la pared o en una vitrina, como acostumbran los veteranos de guerra. La guardó por décadas, como quien esconde una vieja culpa. Aunque siempre deseó morirse en su tierra, ya no pudo regresar a ella y tampoco a su apartamento en Queens.

El tío murió en el *nursery home,* cuando empezaban los calores de julio. Aunque estaba consciente de que aquella trágica tarde de abril no solo cambió su vida, sino la de toda una nación, él nunca sospechó que el magnicidio del Bogotazo estremecería nuevamente la memoria colectiva. Años después se revelaría públicamente, por boca del agente John Mepples, operativo de la Agencia Central de Inteligencia, la existencia del «Plan Pantomima».

El tío y sus compañeros de armas cumplieron aquel día, fieles al lema de su batallón: «En defensa del honor, hasta la muerte». Sin proponérselo, también ellos fueron actores en el reparto de ese oscuro montaje urdido magistralmente como una pieza teatral. El telón cayó, esta vez sin un solo aplauso.

New York, mayo del 2009.

Venancia

En aquel tiempo, el pueblo al pie de la cordillera era apenas un conglomerado de barrios y caseríos en desarrollo. Luchaba por alcanzar el título de ciudad, conferido por los políticos de turno. Lo atravesaba, de lado a lado, un río inofensivo y rocoso en el verano, pero creciente y torrencial en la época de lluvias, con una vieja historia de desbordamientos y muertes. Los habitantes, en su gran mayoría campesinos e indígenas, víctimas y desplazados de la violencia partidista de varias décadas, habían encontrado ahí no solo un refugio para sus familias, sino alguna nueva forma de vida lejos de la guerra.

Algún tiempo después de los grandes desplazamientos forzados de campesinos de fines de los años cincuenta, empezaron a llegar unos seres inesperados y desconocidos de apariencia escuálida y maltrecha. Despertaron comentarios de toda índole, en las esquinas y tras las ventanas llenas de miradas curiosas. Las opiniones variaban entre la compasión, el miedo o el rechazo. Había en esos rostros marchitos miradas extraviadas y expresiones ausentes. Nadie quería contacto directo con aquella gente errabunda, salida de la nada que, con frecuencia, empezó a inundar desde la madrugada, y como por arte de magia, las calles pedregosas y polvorientas del pueblo.

Al comienzo se pensó en una nueva oleada de desplazados y luego se los relacionó con la tribu de gitanos que en otros tiempos anduvo por esos lugares. Esas conjeturas se descartaron al observar detenidamente la silenciosa y taciturna presencia de estos forasteros, tensos y famélicos, que en nada se comparaba con la algarabía y colorido zahoríes. Tomaría algún tiempo a los vecinos descubrir la verdadera procedencia de aquellos seres ambulantes, visitantes fantasmagóricos del amanecer, que semejaban vaporosas apariciones en medio de la niebla matinal.

De Venancia solo se supo que debió llegar con esos locos indigentes, en una de sus periódicas migraciones. Nadie sospechó que se instalaría en las ruinas de un viejo rancho olvidado, en las afueras del pueblo, cerca al rio. El rostro lleno de viejas heridas aún sangrantes, los cabellos grises, revueltos y sucios y la boca desdentada, revelaban una vejez prematura y atormentada. Los brazos fláccidos y deformados, mostraban enormes y feas cicatrices de costuras quirúrgicas ejecutadas de emergencia, sin la menor intención cosmética, y terminaban en unas manos reumáticas y arrugadas de varios dedos amputados. Cojeaba de una pierna, lo cual no le impedía desplazarse con cierta rapidez cuando era necesario.

Muy pronto los vecinos la conocieron por sus explosiones de ira destructiva, sus desvaríos y soliloquios que alternaban entre la demencia y la cordura o la bondad maternal y un llanto desbordado. Aunque la gente relacionaba sus accesos de locura con la luna llena en largas noches cargadas de presagios, la verdad era que los muchachos del vecindario encendían casi siempre la chispa de su rabia incontenible. Se regocijaban en insultarla, burlarse y apedrearla, sin el menor asomo de compasión; y su asedio cruel no cesaba, pese a las amonestaciones compasivas de uno que otro vecino.

Venancia, que nunca agredía a nadie sin ser provocada, se transformaba entonces en un furibundo torbellino de maldiciones, arremetiendo a piedra y garrote contra todo lo que se movía a su alrededor. Mientras los estudiantes escapaban y los vecinos corrían a buscar refugio, los tejados y ventanas de vidrio caían en añicos bajo su andanada de piedras. Venancia era, sin embargo, un ser apacible y maternal en sus instantes tranquilos. Durante sus monólogos, sentada a la sombra de los gualandayes del parque, su mente atormentada transitaba repetitiva por los recuerdos felices de su vida y las desgracias de la violencia que la marcaron para siempre, arrancándola de su entorno familiar. Algunas veces, en esos momentos de serenidad y lucidez se la escuchaba, a prudente distancia, recordar entre sollozos y suspiros los aciagos sucesos vividos en Rio Blanco, allá en lo alto de la Cordillera Central.

Fue así como se supo que hubo un tiempo en el pasado de Venancia, cuando su vida humilde fluía al ritmo de las labores de labranza en la huerta familiar, el cuidado de un par de vacas, unos cerdos y unas cuantas gallinas, que ella recordaba con cariño. También hubo una familia y unos hijos, que por años le dieron razón y sentido a su vida. Cuando la sombra ominosa de la violencia partidista se posó sobre su parcela, Venancia, que solo sabía del trabajo honrado y del esfuerzo tesonero de muchas generaciones, estaba lejos de entender las diferencias entre partidos y militancias de cualquier color. Ni siquiera pudo comprenderlo aquella terrible noche cuando llegaron los bandidos cubiertos por ruanas que escondían sus fusiles Máuser, borrachos y vociferando insultos y amenazas. Vestían ropas oscuras y sombreros de ala ancha que ocultaban sus rostros. La gente les llamaba «pájaros», quizás por su siniestro parecido con los buitres. Ahora, en su fatídica lista negra, entre otras familias, le tocaba el turno a los de Venancia. Se les había asociado con los del partido contrario y eso no tenía perdón.

Después de violarla a ella y a sus dos hijas, en presencia de su esposo e hijos varones, amarrados y encañonados, la familia entera fue masacrada a machete y rematada con disparos de fusil, incendiado el rancho y sacrificados los animales. Por eso, en sus momentos de cordura Venancia clamaba al cielo por una justicia divina que no había llegado todavía para ella, amén de haberle permitido sobrevivir, aunque solo fuese para arrastrar su desgracia por vecindarios inhóspitos, caminos polvorientos y pueblos hostiles a su suerte.

Cansados de los destrozos y rabietas de Venancia y la frecuente incursión de tantos dementes llegados de no se sabía dónde, los vecinos de la junta comunal se quejaron ante la autoridad local, pidiendo una solución inmediata. Como pudo, un funcionario explicó lo que nadie esperaba oír, aunque para los mayores era un asunto de costumbre local: la aparición periódica de estos locos en el vecindario no era cosa de magia, sino un viejo truco de las autoridades de otros pueblos circundantes que no hallando mejor solución a la superpoblación de enfermos mentales, decidían *exportarlos* con sigilo a las puertas de las poblaciones aledañas, en horas de la madrugada. Era un frívolo ardid, una especie de ping-pong de la desgracia ajena, no reconocido oficialmente y que, al ser denunciado, justificaban siempre con la falta de presupuesto local para los gastos del nosocomio, como se le llamaba por esos tiempos al único sanatorio mental.

El pueblo siguió creciendo y las nuevas generaciones, más escépticas, albergaban pocas esperanzas de una paz duradera. La fría estadística de masacres y desapariciones mal contadas de aquella guerra, no pudo calcular el sufrimiento y la desgracia de tantas víctimas ignoradas como Venancia.

Ella siempre deambulaba por las calles mendigando algo de comer y, tal vez, alguna muestra de cariño que nadie quiso ofrecerle. Pasado algún tiempo solo unos pocos vieron a la llorona loca antes de regresar las lluvias y crecientes del río, donde acostumbraba bañarse. Después, nunca más se supo de su paradero y, desde esos días, nadie volvió a llamarse Venancia. Su nombre y su historia quedaron sepultados en el anonimato de millares de relatos que jamás fueron divulgados.

Aún hoy algunos viejos del lugar la recuerdan con algo de compasión o remordimiento y no pocos escudriñan las calles detrás de sus ventanas, murmurando que su alma en pena aún gime y solloza. Algunos aseguran que todavía vaga desconsolada en las noches de plenilunio.

New York, mayo del 2009.

La última foto de María

Con el paso de los años Eduardo se había convertido en un adulto de gesto ensimismado y de pelo gris. Ya no recordaba, con la misma frecuencia de años atrás, los muertos traídos diariamente a la brigada militar acantonada en las inmediaciones del barrio. Entre la rutina asfixiante del trabajo de construcción y las obligaciones diarias, el tiempo solo alcanzaba para resolver los desafíos presentes, mientras el pasado indiferente se amontonaba en algún rincón de su memoria, como las cosas sin uso en el cuarto del olvido.

Esa mañana, al ver la foto de primera página del diario local y leer la información, el recuerdo retornó con la claridad de los primeros años. Creyó escuchar nuevamente el ensordecedor rugido de aspas de los helicópteros militares. Cada madrugada cumplían una rutina fúnebre transportando las víctimas de la noche anterior desde las alturas de la cordillera, hasta el inmenso patio de la institución armada.

Luego, se imaginó parado en ese espacio abierto de entrenamientos y ceremonias castrenses. Estuvo ahí muchas veces a la hora del almuerzo acompañando a su amigo de la escuela, el hermano del teniente Cruz. Cada vez que Cruz estaba de guardia, Eduardo conseguía entrar a la brigada, saciando la mórbida curiosidad de sus ocho años por ver directamente los muertos de la noche anterior. La brigada los exponía casi a diario, como en un matadero de vacas, para la prensa y las autoridades competentes.

La fotografía en blanco y negro era, como suele decirse, más elocuente que las palabras. En ella aparecían alineados cadáveres desnudos de todas las edades. En sus rostros estaban reflejadas la angustia y el horror. Era la patética imagen repetida de cuatro décadas atrás, cuando Eduardo contaba a sus compañeros de escuela, a la hora del descanso, sus lúgubres experiencias en la brigada.

De regreso a casa, en aquellos días, Eduardo escuchó muchas veces por boca de su padrastro al preguntarle el porqué de aquellas muertes, la explicación que recordaría sin entender durante muchos años. Los vecinos de entonces repetían hasta el cansancio que se trataba de «la violencia» iniciada un aciago día de abril a fines de los años cuarenta, bajo uno de esos oscuros gobiernos que muchos no querían recordar.

María y Luís estaban entre las víctimas. Eduardo los reconoció desde el primer instante pero se negó a aceptar el lacónico testimonio de la foto en blanco y negro, con las excusas con que los vivos se resisten siempre a aceptar la muerte: «Debe ser una equivocación, o un fatal parecido, quizás un error de imprenta». Un súbito escalofrío se le atravesó en el estómago al leer los nombres al pie de la foto, mientras un extraño temblor corría por sus piernas. Los escuetos datos del atentado en el reporte adjunto, terminaron por confirmar lo que Eduardo se negaba a aceptar.

El amor, las luchas laborales y un fuerte ideal de justicia compartido desde los tiempos del colegio habían acercado a María y a Luís, años atrás. Unidos en las tareas sindicales con los cientos de trabajadores dispersos a lo largo de la zona bananera, llegaron al poblado dos días antes para promover la próxima huelga sindical. Las cosas estaban peor que antes. Al azote tradicional de la violencia, el aislamiento y la explotación centenaria por gamonales y caciques políticos de turno, se agregaban ahora las amenazas de diversos grupos armados.

La gente comentaba que siniestros mercenarios de verde olivo con capuchas negras aparecían de repente, como un ejército de ocupación, y tomaban las cuatro esquinas de los pueblos, con las listas de los moradores indefensos en la mano. Lo que seguía era una cacería ignominiosa, cuadra por cuadra, familia por familia. Para que nadie dudara que eran profesionales de la barbarie decidieron elevar la tortura y el asesinato al nivel del espectáculo. Cualquier lugar público servía para torturar y fusilar a los señalados y de paso, escarmentar y aterrorizar a la población: la plaza principal, el cementerio o la cancha de fútbol. Se rumoraba que el nefasto engendro era producto de una diabólica alianza de narcotraficantes y oscuros empresarios, con la velada complicidad de ciertas autoridades políticas y militares.

Casi nadie se enteró de que en un oscuro aquelarre de matones de oficio, políticos inmorales y traficantes del dolor al más alto nivel y a puerta cerrada, los autoproclamados nuevos próceres decidieron un día que era la hora de conjurar la rebeldía ciudadana. En un documento secreto los señores de la muerte y el terror juraban que para ello se requería «refundar la patria», al precio que fuera necesario.

Aquella tarde calurosa, María y Luís se encontraron en «Estampas», el único bar del pueblo, siempre atestado de parroquianos, comerciantes y forasteros. Este restaurante y cafetería, de día; taberna, casa de juego y citas de amor en la noche, era el punto de partida y regreso, para unos; y de negocios o diversión, para otros. Como de costumbre, desde el interior hasta la calle, los tangos gardelianos alternaban con inolvidables boleros animando el ambiente hasta muy entrada la noche. Las meseras iban y venían febrilmente vistiendo apretadas faldas cortas y diminutas blusas de atrevido escote.

La rústica mueblería de madera y taburetes de cuero peludo, contrastaba con la tenue iluminación interior de farolillos rojizos. Al fondo, las paredes casi en penumbra, cubiertas de descoloridos dibujos, evocaban algún nostálgico callejón del viejo Buenos Aires, perdido en las mil y una leyendas del tango.

María y Luis se cruzaron la misma mirada enamorada de la noche anterior, mientras apuraban el último vaso de cerveza, prestos a salir. Fue ella la primera en advertir una extraña presencia enrareciendo el ambiente. En aquella fracción infinitesimal de tiempo, solo atinó a recordar los días radiantes de sol en su pueblo natal, a menudo abruptamente cortados por relámpagos y amenazadoras nubes negras.

De súbito, en su mirada afloró el presagio lacerante de otros días. No era la primera vez que veía aquel hombre extraño, como un oscuro sueño de mal augurio. Él los había observado con atrevida y escrutadora insistencia por los últimos días, las últimas horas y los últimos minutos, como un escuálido pajarraco negro al acecho de la presa. Solo en ese momento, fugaz e inexorable, descifraron la mueca de la muerte que se les reveló como un estruendo. Al instante, tras una agitada intermitencia, la tenue luz de los faroles se extinguió por completo, como respondiendo a un designio sangriento.

A la explosión que sacudió los más apartados rincones del pueblo, le sucedió un silencio premonitorio, como si el mundo mismo hubiese dejado de existir a las seis y treinta pasado meridiano, bajo las notas musicales de «Cambalache». El sonido del tango fue lo único que no se detuvo luego de la explosión. El tiempo pareció regresar instantes después entre gritos de dolor y exclamaciones de auxilio, que ahogaron la música.

Los periódicos nacionales apenas si daban cuenta del atentado en las páginas interiores, sin ponerse de acuerdo en la cifra de muertos. En algo sí coincidían todos los diarios: las autoridades anunciaban «la más exhaustiva investigación». Aseguraban que no se escatimaría ningún esfuerzo, hasta dar con el paradero de los responsables.

En la capital el Gobierno se comprometía ante la ciudadanía «a investigar los sucesos hasta las últimas consecuencias» y bla, bla, bla. Mientras tanto, se llamaba a la población a mantener la calma y a continuar trabajando como hasta ahora, «por el engrandecimiento de la patria».

Mientras Eduardo escudriñaba entre incrédulo y resignado la foto del periódico, tras reconocer a su hermana entre las víctimas, su mente evocaba vivencias familiares de la infancia compartida. Nunca pensó que aquella lejana imagen recurrente de los muertos expuestos en la brigada militar, se repetiría en su propia vida. La mueca de la muerte en el cuerpo destrozado de su hermana, era el sello indeleble de una tragedia repetida a lo largo del tiempo en millares de seres que cayeron en las garras de las fuerzas oscuras del terror.

New York, marzo del 2007.

El profe Thomas

Cuando llegó a la clase de cuarto grado, con sus libros de Historia bajo el brazo, todo cambió. Él mismo era un libro abierto. Días después los estudiantes se enteraron de que fue precisamente por eso que su maestro tuvo que huir. Llegó a la escuela con su inconfundible acento costeño que todos, muchachos del interior, querían imitar. El sindicato presionó al gobierno para su traslado. Había sido *boleteado*, mejor dicho, amenazado de muerte, como era la costumbre de los grupos armados. Pero él no se amedrentó. Continuó su clase como siempre, llamando al pan, pan, y al vino, vino.

Eduardo se esforzaba por entender y aprender nuevas cosas, pero siempre le causaba ansiedad una palabra, cuya sonoridad era como un eco interminable en su cerebro. Había algo extraño y fatal en aquel vocablo que repetían a menudo los adultos y las noticias de la radio. Se le quedó grabado como un suplicio resonante, incrustado entre los parietales.

Por mucho tiempo buscó una respuesta. Aunque el término parecía tener vida propia y gravitar siempre en el ambiente y la memoria de la gente, nadie podía o quería explicárselo. No era como otras palabras que iba incorporando a su léxico mientras crecía. «¿Cómo puede estar en boca de todo el mundo una palabra que la gente se niega, quién sabe por qué, a descifrar?», se preguntaba. Él sabía que todas las voces significan alguna cosa. Tal vez era un misterio, una maldición indescifrable.

Nunca le había gustado la historia. Le parecía un aburrido

enredo de lugares remotos, fechas antiguas, y jinetes obesos decorados con charreteras, medallones y brillosas espadas. Algo lejano e inaprehensible. Con el profe Thomas se acabó aquella solemnidad heroísta y reverencial. La historia dejó de ser un carnaval de vetustos imperios, monarcas de opereta y anacrónicos héroes de pedestal, tornándose vivencial y dialéctica. Cada lección era un debate, un hervidero de ideas y opiniones. «La historia la hacen los pueblos», repetía a menudo. Había que investigar y documentarse para tener un desempeño decoroso en la discusión y de eso dependía una buena calificación.

Cuando aquel joven moreno y delgado, de pulcra barba, porte académico y lenguaje diáfano y directo, explicó fluida y pausadamente los sucesos de 1948, los treinta y cinco estudiantes cayeron en un silencio casi funerario, lleno de miradas incrédulas. Ahí estaba Eduardo, entre ese grupo abigarrado de chicos impúberes, escuchando su propia historia, aquella con la que les tocó nacer y crecer y que los viejos habían sufrido en carne y hueso, hasta terminar vacíos de explicaciones.

Muchos de ellos perdieron sus familias tiempo atrás y huyeron a cualquier ciudad, abandonándolo todo para salvar sus vidas. Pero aun años después, lejos de los escenarios del conflicto, no se sentían a salvo y continuaban huyendo del dolor y el miedo. Solo tenían tiempo para intentar rehacer sus vidas y, en el empeño, terminaban sepultando la memoria y perdiendo toda noción del asombro y la solidaridad.

Fue entonces cuando Eduardo empezó a entender, como si estuviese resolviendo un viejo rompecabezas, todas las imágenes que poblaron su infancia: los muertos de la cordillera expuestos diariamente en la explanada de la brigada militar, la locura de la vieja Venancia delirando en las calles del barrio por la familia masacrada ante sus propios ojos; el perturbador contraste entre la foto a blanco y negro del hombre de rasgos indígenas que su padre llamaba Gaitán, al lado de una colorida litografía del Sagrado Corazón de Jesús; su orfandad y la de algunos de sus compañeros de clase, cuyos padres fueron asesinados o desaparecidos, los millares de desplazados.

Por suerte él nunca tuvo que huir de la montaña en llamas una fría madrugada, para salvar el pellejo, como tantos otros niños. Ni esperar encaletado como don Fidel, su padrastro, que abrazando a su esposa y empuñando una vieja pistola en un amanecer lluvioso, esperó resuelto a *los pájaros** que venían a matarlo, por ser del otro partido. Ni sentir el silbido furioso de la bala de fusil, incrustándose a milímetros de la cabeza, en el exterior de la ermita de Cali, donde Fidel se parapetaba el día que las tropas del general Pinilla dispararon contra los estudiantes. En el sucinto lenguaje de la guerra, Eduardo era solo una víctima colateral. Aun así, a fuerza de escuchar las innumerables historias, en las vivencias de su infancia se instalaron para siempre las reminiscencias de la muerte y el horror.

Años después, siguiendo en su ordenador portátil las conversaciones de una paz esquiva y vilipendiada pero largamente esperada, evocó nuevamente al profe Thomas y la cita recurrente que era su credo: «Los pueblos que no conocen su historia están condenados a repetirla». Recordó cómo los gobiernos eludían la inconveniencia de explicar el fenómeno social y político que enlutaba la vida de la nación por cerca de setenta años. Con la supuesta intención de ahorrar recuerdos dolorosos al pueblo, eliminaron del programa educativo la asignatura de Historia.

---

* La palabra pájaros alude a los buitres o aves carroñeras, comúnmente de color oscuro y aspecto sombrío que atacan en manada a su presa. Los pájaros de la violencia colombiana eran grupos de asesinos políticamente motivados que asaltaban a los campesinos por sorpresa, en mitad de la noche y desaparecían sin dejar rastro.

Al cabo de los años, animado por la nostalgia de los días escolares, buscó en las redes sociales el paradero de sus amigos de clase y la suerte corrida por el profe Thomas. Un frío hormigueo recorrió su piel al constatar lo que él y sus compañeros siempre temieron, el nombre del profe aparecía en una larga lista de maestros asesinados. El filo metálico del odio y la intolerancia había alcanzado también al hombre que les enseñó la amarga verdad. Aquella que los mayores nunca pudieron o quisieron explicar y que simplemente nombraban como «la violencia».

Miami, 26 de marzo del 2018.

III
De desplazados a inmigrantes

- Vivir soñando...
- Del sur al norte
- Inés

Vivir soñando...

[La patria] «no es algo natural, ni tampoco divino. Es una creación imaginaria de los hombres. Mezcla de ideología, de ética, de estética y de espiritualidad, surgida dentro del tiempo y no preexistente a él».
Carlos Shulmaister, Argentina.

Decían los abuelos que al final de la gran oscuridad empezó el tiempo y cuando las aguas y el firmamento estuvieron en su lugar, apareció el hombre. Vivió en el paraíso, un lugar idílico, sin tribulaciones, frío, calor o enfermedad, deambulando seguro entre animales; sin preocuparse del sustento diario, ni de su seguridad personal.

Un día pudo más el instinto que la fe en el Dios protector y proveedor. El hombre fue expulsado del Paraíso por desobedecer las reglas y condenado a deambular por la tierra en busca del sustento. El mundo se volvió hostil y la subsistencia una lucha diaria. Esa fue la condición natural de vida de las sociedades primitivas, hasta hoy.

Pasado un tiempo, el hombre aprendió que «se hace camino al andar» y empezó a emigrar, acosado por el clima, el hambre, las catástrofes y la guerra. Siglos después, dejó de ser dueño de ese mundo inconmensurable, a cambio de un espacio delimitado geográficamente al que llamaron *polis,* en Grecia, y *nación*, en Roma, o sea el lugar donde uno nace. Clan, polis, estados y finalmente imperios; todo ese acontecer se conoce como civilización. Esta transformación lo cambió todo, no solo el mundo, sino la mente, los oficios y en especial las formas de organización social. El hombre, se volvió *civilizado*.

Realidad o mito, después de expulsados los primeros abuelos del Paraíso y negada su *inmortalidad,* la historia se reduce al movimiento constante de migraciones humanas. Desde sus orígenes, incluso aún después de organizarse socialmente, el hombre anduvo siempre saltando de piedra en piedra y de muro en muro, en busca del sol que mejor caliente.

En su trayectoria para comunicarse y matar el tedio de un mundo sin televisión, internet ni celulares, el hombre articuló cada día nuevos sonidos y palabras. Entonces, hubo tantos vocablos como hombres: poeta, artista, soldado, político, general, juez, obispo, atleta. En fin, una larga lista. También hubo un nombre para esa lista; temeroso de olvidar las palabras que inventaba, las puso en el libro más gordo que hay, al que llamó: *diccionario.*

Y aconteció que de esa larga lista de términos, los hombres, cansados de trasegar por el mundo, le tomaron especial cariño a uno en particular: *Patria,* que a pesar de abstracto, casi místico, sirvió para referirse indistintamente a la polis o nación. Patria con mayúscula, que, como Dios, lo encierra todo: el hogar, la familia, los vecinos, el río de abajo y la montaña o el valle de más arriba; es decir, el principio y el fin. Patria, un ente superior, inmarcesible y glorioso, cuya sola mención enerva las fibras más íntimas, inflando nuestro pecho de orgullo y por el cual, hasta el sacrificio de la vida es insignificante y plenamente justificado.

El hombre la rodeó de fronteras y empezó a cantarle himnos, rindiéndole honores en los días de la escuela y en las grandes celebraciones, ratificando siempre, con una mano en el corazón, un juramento de lealtad y obediencia. Un día de tantos, hubo murmullos y voces preguntando: «¿Quién dijo Patria primero?». Se oyeron muchas respuestas.

—Tal vez fue el político —dijeron todos—, la Patria está

repleta de votos.

—Pudo ser el general —respondieron unos—, la Patria tiene enemigos.

—Quizá fueron los jueces —exclamaron varios—, la Patria se hace de leyes.

Embelesado ante la majestad de la Patria, el poeta dijo:

—Necesitamos un himno.

El artista replicó:

—Este sería poca cosa y no habría respeto por la Patria sin un emblema. Necesitamos una bandera. —Y la Patria tuvo un pabellón colorido.

Los atletas reclamaron:

—Hace falta un equipo. —Y la Patria se llenó de estadios ondeando pendones.

Hubo días gloriosos, pero también los hubo dolidos y tormentosos. Uno de esos días, el general gritó:

—¡Necesito muchos soldados! —Y la Patria tuvo un ejército.

El obispo elevó plegarias diciendo:

—Oremos por la Patria. —Y bendijo las armas de los soldados que fueron a la guerra, portando la bandera y también... a los difuntos que regresaron en cajas de madera.

Sucedió que tras crear la Patria, surgió un «nuevo orden» en que las barreras físicas o simbólicas significan, casi siempre, separación y oposición económica y cultural entre los pueblos. A falta de enemigos, solo hay que inventarlos. Para eso políticos y generales, como «olivos y aceitunos, todos son unos». Así que hubo patrias, pueblos, soldados, armas y... guerras; en fin, hubo muertos sobre muertos, y desplazados huyendo, e inmigrantes saltando de río en muro, de nación en nación. Huían de la guerra, el hambre y la opresión propia del hombre. Buscaban otra Patria.

Y hubo extranjeros cruzando fronteras en el norte y en el sur, en el este y el oeste, estado tras estado… Estados Unidos. Entre tanto, el diccionario engordaba de nuevas palabras: *ilegales, mojados, exiliados, indocumentados, extranjeros*… Y he aquí que un día habló el candidato. Abrió su grandísima boca repleta de odios rancios y palabras gastadas, aclarando a sus intimidados electores que todos los males de la patria eran causados por los inmigrantes. Prometió enardecido hacer la Patria con mayúscula, respetada y grande otra vez; deportando inmigrantes por montones para que se fueran con sus mujeres y niños, sus enfermos y ancianos, su música y su grandísimo diccionario a otra parte. Además, para que no se dudara de su promesa, construiría un muro laaargo, enorme y *good looking*, asegurándose de que no volverían.

Una pesadilla de muros infinitos y atalayas descomunales que producían vértigo, como los rascacielos de Manhattan, sobrecogió a millones de mujeres y hombres que trabajaban durante décadas, sin el documento verde, en las factorías neoyorkinas o pizcando fresas en California. Sus hijos iban al *college*, soñando con una vida nueva. No tenían ya otro lugar adonde ir y al final de cada muralla los esperaban decenas de guardias marcados con grandes letras que decían ISIS. Mientras despertaban, muchos recordaron la balada de un viejo cantor, «La patria es el hombre», y multitudes de ignorados acentos repetían en la calle voces de otros tiempos: «¡Derriba la muralla!». Alguien levantaba un cartel de letras apresuradas que decían: «Escribe siempre patria, con minúscula». Al parecer la gente iba aprendiendo que las peores fronteras son las humanas, no las geográficas.

Miami, 30 de diciembre del 2017.

Del sur al norte

Suspendido en el vacío dentro de un andamio mecánico, a cien o más pisos de altura, absorto en la meticulosa rutina de su labor, solía liberar sus recuerdos fugaces como las ráfagas de viento que soplaban en la ciudad grande y gris. Una vacilación, un olvido, bastarían para desatar lo impredecible. Se concentraba en su oficio, revisaba sus arneses y tomaba, como siempre, el largo escurridor de caucho, deslizándolo sobre los manchados paneles de vidrio que debían terminar inmaculados y translúcidos como el cristal de Bohemia. Ahora era un limpiador profesional de fachadas, entrenado y curtido en el oficio de mantener los vitrales de aquellas edificaciones descomunales; modernos templos del capital y del mundo financiero. Un trabajo que requería agilidad y entrenamiento, pero, sobre todo, disposición para cumplir la tarea con la mayor eficacia y seguridad, una norma de su empresa y un imperativo del instinto. A diario se necesitaba una voluntad espartana para enfrentar lo imprevisible, a sabiendas del riesgo de sucumbir en el empeño.

Treinta años atrás Antonio emprendió el viaje que evadió por largo tiempo. Tomó la decisión una noche, al filo de la desesperación, tras una crisis económica asfixiante y una acalorada discusión familiar. Como telón de fondo, aquella noche, su diploma de ingeniero laureado colgando en una pared desteñida fue la evidencia muda de un sueño aplazado. Días después con abrazos y besos pasados por llanto, miradas inciertas y algunas promesas, se despidió de su familia rumbo al norte.

El recorrido de un par de horas lo llevó descendiendo la empinada y angosta ruta de la cordillera hasta la terminal aérea y, al despegar el avión, la altura le reveló al pie de la montaña una vista desconocida: la vieja ciudad de coloridos y amontonados caseríos con su río de color achocolatado y sus pequeños edificios alrededor de una plaza de árboles frondosos y centenarios. Al centro, la estatua ecuestre de un héroe patrio flanqueado por las torres de la iglesia parecía cabalgar eternamente empuñando su espada al frente de un invisible ejército. Por un instante tuvo el recóndito presentimiento de estar viendo por última vez la vieja ciudad donde nació y que albergaba sus memorias.

Sobrecogido por tantas emociones encontradas y nervioso, pues era su primer vuelo en avión, empujó el espaldar de su silla y cerrando los ojos imaginó reencarnar al legendario jinete de la plaza central. Se trataba de su propia lucha y, como el héroe a caballo, tendría que hacer acopio de fuerza y coraje hacia la conquista de un sueño tan incierto y evanescente como la ciudad que dejaba, cada vez más distante y vaporosa, mientras el avión remontaba las nubes.

Treinta años después, subido en el andamio con su compañero de labor, la nostalgia le revivía los recuerdos. A sus espaldas y bajo sus pies la ciudad interminable de amplias avenidas fue algo así como un gran descubrimiento al final del viaje. Maravillado por un esplendor que él nunca antes había visto, le tomó varios años asimilarla, entenderla y encontrar un lugar para sí mismo, en medio de esa moderna *Babel* de lenguas desconocidas y de un tráfico asfixiante.

Nada en la gran metrópoli del norte admitía comparación con la remota ciudad andina de su infancia que dejó aquel día, pero que, a pesar de todo, él seguía añorando. Ni los inmensos centros comerciales atestados de compradores, ni las luminarias de Broadway, ni la velocidad del metro bullicioso y multicolor, le hacían olvidar aquel lugar de calles estrechas y alargadas, casas solariegas y edificaciones a medio construir. Allí la existencia era tranquila y parecía flotar suspendida en la nostalgia de los tiempos. La gente era afable y familiar, y la rutina de los días transcurría sin apuros, despreocupada y elemental.

Sin amigos ni familiares que le dieran apoyo, indocumentado y sin hablar inglés, deambuló por un par de semanas hasta conseguir su primer trabajo de lavaplatos en un restaurante de banquetes. Luego fue ayudante de construcción, pintor de casas, aseador de oficinas, ayudante en una tienda de verduras, obrero en una fábrica y hasta dibujante de letreros comerciales. Cada nuevo oficio le recordaba con tristeza sus años en la facultad de ingeniería y el amarillento diploma que empacó en su pequeña maleta de viajero. Nadie le preguntó nunca por su título y la única persona que lo vio sólo atinó a darle una palmada en el hombro, invitándolo a seguir perseverando en la búsqueda. Antonio pasó diez años infructuosos y agotadores con la incertidumbre de retornar a su lugar de origen, o quedarse viviendo en un cuarto subterráneo, oscuro y sin ventilación, para poder enviar unos cuantos dólares a su familia.

Un día encontró en el diario hispano de la ciudad el anuncio de un trabajo mejor que los anteriores, con algunos beneficios laborales, pero implicaba el riesgo de accidentes con posibles consecuencias fatales. Lo pensó muchos días. Sufría desde niño un temor visceral por las alturas, aunque su lucha de años le ayudó a ganar un poco de seguridad. En trabajos anteriores subió tres o cuatro pisos en una escalera anclada y sujeta con cuerdas, pero no era el «Hombre Araña» y la oferta requería mantenerse suspendido en andamios exteriores a ochocientos o más metros de altura.

Aquel luminoso pero frío día de diciembre, los vientos del norte soplaban con más fuerza que en años anteriores. Antonio tomó precauciones tal y como había aprendido veinte años atrás en su entrenamiento. Con el nuevo empleo mejoró su ingreso, se mudó a una habitación más cómoda y sus envíos de dinero a la familia mejoraron. El soplo alocado de los vientos continuaba meciendo el andamio en un vaivén rítmico, aumentando el chirrido metálico de los engranajes y los arneses de seguridad.

Recordó la revista de la línea aérea que leyó para matar el tedio de aquel vuelo, años atrás. Hablaba del «arriesgado y temerario» oficio de los limpiadores de fachadas en la «gran manzana», cuyo trabajo desafiaba con frecuencia los elementos y el vértigo. El andamio se bamboleó de nuevo. Esta vez tan fuerte que su respiración se cortó por unos segundos y él creyó flotar sin rumbo en el vacío, asido a la plataforma metálica colgante. Fue la misma sensación que tuvo cuando el avión descendió súbitamente, debido a una turbulencia, como si sus vísceras se le fueran a salir por la garganta. Un helado temblor recorrió su cuerpo. Se sintió frágil y vulnerable, como las hojas del otoño que por esos días descienden lentamente arrancadas por las corrientes arremolinadas y erráticas del viento. Cuando la calma retornó, todavía aturdido, Antonio recordó que debía terminar su trabajo esa misma tarde.

Su memoria regresó al artículo de la revista titulado «El vértigo de la vida». Detuvo la lectura al terminar el reporte estadístico de accidentes en andamios: un sesenta y cinco por ciento de la fuerza laboral en la industria de la construcción, trabajaba a diario en plataformas suspendidas en el aire a todo tipo de alturas. Los accidentes por caídas sumaban cada año unas diez mil víctimas, al tiempo que las muertes pasaban de los setenta por año... Antonio prefirió dormirse. Todavía le faltaba llegar a México DF, donde tomaría otro vuelo a Tijuana, para luego iniciar el cruce del desierto a pie, en la oscuridad de la noche y cruzar la frontera de San Diego al amanecer, de acuerdo a las instrucciones del *coyote**. Durante una buena parte del trayecto lo empacarían como una sardina, junto con otros seis o siete *ilegales* en el doble fondo de una camioneta Chevrolet, amoblada y alfombrada para supuestos viajes de turismo.

Tentado por la oferta de un salario superior al que había ganado por los pasados años, Antonio leyó ese anuncio del periódico una y otra vez. Su cabeza se llenó de pensamientos encontrados. Sintió que podía hacerlo y que su entrenamiento de ingeniero le ayudaría a convencer al empleador. Con el correr del tiempo había superado el miedo, pero trabajar a esas alturas era un verdadero desafío para alguien sin experiencia en el oficio. Recordó al aguerrido jinete de bronce en la plaza de la ciudad natal y sus hazañas heroicas inscritas en una placa metálica. Después de todo, pensó, la compañía ofrecía seguro de compensación y valía la pena intentarlo.

Lo que consiguió disipar las dudas fue su admiración por la emblemática foto de unos obreros almorzando, encaramados sobre las vigas de acero de un rascacielos a la altura de sesenta y nueve pisos. La famosa foto ilustraba a menudo avisos y grandes vallas comerciales. Esa imagen captada a comienzos de los años treinta del siglo anterior, intentaba documentar el carácter recio y temerario de unos anónimos inmigrantes europeos, los mismos que ayudaron a construir la urbe neoyorquina de rascacielos y puentes gigantescos, desafiando el tiempo y la tecnología. Pensó

---

* El coyote es un canino de menor tamaño que el lobo, muy adaptado a los desiertos de Norteamérica. Por extensión, la palabra designa también a los traficantes de inmigrantes que ingresan ilegalmente en territorio americano, con su ayuda.

que si ellos pudieron hacerlo, él también sería capaz y decidió intentarlo.

Miró alrededor sintiéndose de pronto insignificante en aquella selva de concreto que le rodeaba por todos lados. Recordó que la esperada fecha de su retorno definitivo, estaba cerca. Regresaría, por fin, a la sureña patria de paisajes, cordilleras y volcanes que no veía por treinta años; casi la mitad de su vida.

A solo dos días del viaje, Antonio aún empacaba ansioso sus maletas, mientras hablaba con su familia y entre risas anotaba encargos de toda índole. Mirando un número remarcado en el calendario con tinta roja, se despidió confirmando que el vuelo de regreso estaba programado para el día trece de diciembre.

Ante el furor constante de los vientos, la plataforma colgante suspendida en el piso sesenta y siete terminó desprendiéndose de uno de los cables. Los arneses fallaron bajo el efecto del peso y la fuerza de gravedad. Una fracción de segundo antes de la furiosa arremetida del viento, Antonio vio en el panel de vidrio polarizado el destello cegador de la luz solar vespertina que iluminó su cuerpo. En el fugaz instante de su caída al vacío, su mente acelerada fue como un caleidoscopio de imágenes revelándole, de súbito, todos los momentos cruciales de su vida.

Los medios noticiosos cuestionaron el cumplimiento de las normas de seguridad en la industria y el alcalde prometió una investigación exhaustiva. Como siempre, la gente especulaba si el occiso pereció al impacto de su cuerpo sobre el pavimento, o si fue liberado milagrosamente del dolor por un paro cardíaco, segundos antes de caer. No faltaron los supersticiosos que veían una coincidencia fatal, entre la fecha de nacimiento del difunto un día trece, y la caprichosa suma de los dígitos en el número del piso sesenta y siete, que es igual a trece. Superstición, error humano o simple fatalidad, lo cierto es que aquella tarde

Antonio se convirtió en una cifra más de las estadísticas. La muerte inexorable trazó otra ruta y ese sería su viaje final.

New York, diciembre del 2015.

Inés

Solo pudo llegar a ser costurera, pero en su descendencia había maestras, nadadoras, enfermeras, optómetras, masajistas, contadores, programadores, músicos y hasta nanas profesionales. Ahora estaban rodeándola en ese apretujado y bullicioso grupo familiar que se afanaba por salir en la foto de la torta. Pero, a decir verdad, muy poco o nada sabían todos de la historia de la abuela, siempre escasa en palabras. Todo comenzó muchos años atrás cuando se le metió entre ceja y ceja, sin mucho pensarlo, cruzar caminando el desierto de México.

Arriba, un cielo azul límpido poblado de inmóviles e incontables nubecillas blancas. Al frente, una inmensidad de tierra árida y desolada, surcada de cerros y picos pelados y redondos que marcan la línea de un horizonte borroso, inalcanzable. Cañones rocosos, estrechos y mesas inhóspitas donde el aire seco trae a menudo temperaturas de más de cincuenta grados centígrados, durante el día; y fríos de cortar con navaja, apenas entrada la noche. En esos parajes solitarios de austera e inquietante belleza, donde el sol abrazador quema y enceguece, la vida parece haberse detenido antes de los tiempos. Es el desierto de Sonora que comparten México y Estados Unidos; uno de los más grandes y calurosos del mundo. Una frontera natural que yace a lo largo de trescientos once mil kilómetros cuadrados, donde el cactus saguaro se alza erecto por todos lados, hasta unos quince metros, como un vigilante desconfiado de brazos extendidos y espinosos.

Pudiera parecer el lugar más desolado del mundo, pero ahí vivieron siempre los pueblos apaches, comanches y navajos, entre otros. El desierto les dio albergue y sustento por siglos. El conquistador español y luego los rancheros de todos los pelambres, los exterminaron. El desierto de Sonora se volvió, con el paso del tiempo, la ruta forzosa de miles de inmigrantes ilegales desplazados por el hambre, la guerra o la persecución, provenientes de las cuatro esquinas del mundo. Ellos llegan en pos del llamado «sueño americano» que algunos aseguran haber alcanzado. Así mismo llegó Inés en 1977, cuando tuvo que abandonarlo todo y la travesía de ese territorio impredecible y hostil fue su última alternativa.

«Tengo que irme —le explicó a su hermana Nohra—, mi cuñada está bien organizada allá y prometió ayudarme a conseguir un trabajo de costura para sobrevivir con mis cinco hijas». Cuando Nohra la miró incrédula, Inés prometió: «Mandaré por ellas apenas me organice». Había esperado esa oportunidad por cerca de diez años. La discapacidad motriz que sufrió su recién fallecida mamá Rosita por toda su vida, no era ya un impedimento para irse y, a partir de entonces, todo fue un decir y hacer.

Diez y seis horas caminando por el desierto parecieron una eternidad en la que todo podía suceder, incluso la muerte. El cruce de un grupo de quince personas en el que Inés era la única mujer, fue lento y arriesgado, evadiendo la patrulla fronteriza, las alimañas, el calor, el hambre y la sed del desierto. Fatiga, pies hinchados y ampollas ulceradas empezaron a rezagarla, mientras el grupo se alejaba. Arrastrarse sentada para no quedarse, lejos de mejorar, empeoró su situación.

El coyote insistía en quedarse *acompañándola*, mientras el grupo se adelantaba.

—Señora, déjeme ayudarla. Se ve muy cansada.

—Uds. órale no más ¡síganle que en esto los alcanzo!

Jairo, un conocido del pueblo, adivinando los viles propósitos del coyote se opuso a la maniobra fingiendo ser hermano de Inés, pero cuando pidió que algunos se quedaran acompañándolos, nadie respondió. Inés y Jairo fueron ignorados por el resto de los caminantes y abandonados por su pollero quien antes de apurar el paso, los llenó de insultos y amenazas.

La débil sombra de unos arbustos les protegió, mientras reponían fuerzas. Inés sintió miedo por primera vez en aquella vastedad de arenas quemantes, mientras su improvisado amigo hacía retazos de su propia camisa, para vendarle las heridas. Inés volvió a sus recuerdos como otras veces y lamentó la reciente muerte de su esposo José Luis, en un fatal accidente de tránsito. Maestro de escuela y luego un próspero comerciante, él siempre había mantenido el hogar de sus cinco hijas que ya oscilaban entre los dos y los nueve años de edad. La familia gozó de estabilidad y prestigio en el pueblo hasta ese día trágico.

Inés sabía de bordados, manualidades y costura de ropas, pero nunca aprendió de negocios, viéndose obligada de repente a liquidarlo todo. Al perder los almacenes y propiedades, vio amenazado el futuro de sus hijas y un día de junio emprendió viaje a la frontera, rumbo a Estados Unidos.

Mientras se abanicaba el calor con una vieja camiseta, rememoró el primer evento trágico que marcó su vida a solo dos años de casada con José Luis.

—A mi padre lo mataron en la plaza del pueblo durante la violencia— le dijo a Jairo. Luego agregó con un tono de tristeza, mientras su mirada se perdía distante en la reverberación solar—: mi madre Rosa lo vio todo, impotente desde su ventana. El asesino disparó a quemarropa y se fue caminando por la calle, sin que nadie intentara detenerlo.

—¿Se supo la razón de su muerte? —preguntó Jairo.

—Mi padre no se metía con nadie. Murió por la misma razón que murieron otros cientos como él. Por ser del otro partido.

El calor aumentaba. Arriba en el firmamento una bandada de pájaros negros danzaba lenta pero inexorablemente en vuelos concéntricos. A veces parecían gravitar inmóviles en el aire, en una prolongada y astuta espera.

—Son zopilotes —comentó Jairo con la mirada preocupada fija en el cielo, advirtiendo—: saben cuando la gente o un animal están en peligro de morir deshidratados o hambrientos. Conocen las señales de la agonía y sobrevuelan el lugar hasta que sobreviene la muerte. Luego descienden por decenas sobre la presa caliente y la devoran rápidamente. Muchos caminantes perdidos en el desierto desaparecen sin dejar rastro, porque en apenas treinta y seis horas una bandada de zopilotes devora la carne, dejando solo una osamenta blanquecina difícil de identificar.

Jairo vio un asomo de angustia en el rostro de Inés, mientras esta observaba la botella plástica de agua a punto de terminarse.

—No es por asustarla mi señora, pero es mejor que empecemos a caminar antes que suba el sol. Después de las diez será imposible caminar el desierto y perderemos la conexión.

Inés obedeció como quien escuchaba una premonición, y como pudo se puso en marcha apoyada en él y avanzando con dificultad. Los guijarros y la arena del suelo, la escasa vegetación, áspera y espinosa, la sed, el calor asfixiante y la radiación solar enceguecedora, todo a su paso parecía puesto allí para abrir nuevas heridas, ahondando el dolor de la travesía.

Dicen que «el tigre no es como lo pintan», porque puede ser peor. El desierto avasallador e inescrutable refuta el brilloso artificio de las postales turísticas y las definiciones elementales de geografía. Inmensidad ocre de rocas y estériles arenas, ausencia de lluvia y poca o ninguna vida. Es otro mundo dentro del mundo formal. Allí el hombre no establece reglas, la tierra siempre impone sus propios límites.

En su lento y doloroso caminar, Inés pensó muchas veces que no encontrarían nunca la línea fronteriza. Que no viviría esa otra realidad, promisoria y esquiva, contada por sus paisanos. Y lo que era peor: ya no vería nunca más a sus hijas que estaban esperándola. Su paisano y compañero de aventura, aunque más optimista, albergaba sus propias dudas. Había invertido sus últimos recursos y los de su familia en el viaje y la tarifa de los coyotes y no podía permitirse un fracaso más.

—Si me cogen, no tendré otro remedio que meterme en *el negocio,* —dijo, como pensando en voz alta.

Ella solo atinó a implorar santiguándose:

—El Sagrado Corazón de Jesús nos ampare y nos favorezca.

Para alejar aquellos pensamientos cargados de malos presagios, prefirió refugiarse nuevamente en el agridulce recuerdo de su difunto esposo. En ese país, plagado de violencias partidistas y tabúes religiosos, donde nació, no había sido fácil enamorarse. Los jóvenes de esa época tenían prohibido pretender a alguien cuya familia simpatizara con el partido contrario. La advertencia era tan seria que para muchos fue un asunto de vida o muerte. Cuando el enamorado pidió su mano, el futuro suegro aceptó enojado con una muy seria y lacónica advertencia: «¡Si se va a casar, se casa… pero ya!». A escondidas, y en contra de la corriente, Inés y José Luis se unieron en matrimonio dos días después.

Jairo la hizo regresar a la realidad cuando exclamó sorprendido y asustado:

—¡Los pillaron, los agarraron a todos!

Al levantar la mirada, Inés logró avistar, a la distancia, la carretera donde ella y sus compañeros aspiraban a ser recogidos. Observó cómo el resto del grupo que les había abandonado a su suerte, era detenido por la patrulla fronteriza. Ocultos tras el arbusto más cercano, vieron al vehículo blanco de franja verde hacer recorridos exploratorios cercanos durante angustiantes minutos, antes de alejarse.

Sabían que la patrulla volvería en su búsqueda, y entonces también ellos estarían perdidos. Decidieron esperar entre los matorrales, cerca de la carretera. Tras dos horas de incierta espera, apareció la camioneta de la conexión que debía recoger al grupo de quince integrantes, sin sospechar que solo dos habían logrado el objetivo.

Maltrechos por la travesía, pies sangrantes, sandalias y ropas sucias y rotas, sed, hambre y cansancio… No era esa la imagen rutinaria de una supuesta pareja de turistas ingresando a un hotel de San Diego. Tampoco era ese el fin de la aventura. Aún faltaba el vuelo de San Diego a Nueva York, trayecto donde muchos inmigrantes eran detenidos cuando estaban a punto de alcanzar su objetivo. Inés arribó un cuatro de julio a una Nueva York inusualmente cálida, multicolor y festiva, celebrando en medio de asados y fuegos pirotécnicos los doscientos un años de la independencia americana.

Tras dos semanas de reposo y cuidados médicos, consiguió su primer trabajo de costura en una de tantas fábricas de la gran ciudad. Así continuó por algunos años, hasta ingresar en el equipo de costureras de la tienda Lord and Taylor del cual se retiró en 1999. Jairo, su buen samaritano en la travesía, fue capturado y deportado por la migra a solo dos semanas de trabajar en una fábrica de Long Island. El resto de su vida lo dedicó a trabajar en *el otro negocio*.

Inés siempre prefirió ocultar la edad aunque ya fuese un

secreto a voces que andaba en los ochenta y un años de vida. Ahora estaba ahí erguida y orgullosa como siempre, rodeada de sus cinco hijas, doce nietos y seis bisnietos. Eran la prolongación de su vida. El testimonio vivo de su andar y su lucha que iba más allá de su origen humilde en una de las montañas de Belén, en la zona cafetera de Colombia. Todos alcanzaron a llegar para la foto.

Miami, 6 de mayo del 2017.

IV
Del mundo real, a la ficción del futuro

- Crónica del último éxodo
- Regreso a las cavernas
- Cibernando

Crónica del último éxodo

> «El hombre ha despojado la tierra de su medicina, ha llenado su aire con gases que arden los ojos. Él ha envenenado los peces en sus aguas y ha tornado los ríos en corrientes de dolor. No habiendo más que pudiera hacerle a la tierra, el incendió el aire con sus naves celestes, en su ruta a nuevas estrellas y verdes pastos vírgenes».
>
> Personaje indígena en la historia «Give it back to the Indians», del escritor norteamericano Bill Messenger

Con el paso de los siglos el mundo ya no era ancho e iluminado como en el comienzo de los tiempos. Se tornó ajeno y hostil. Tinieblas oscuras y espesas regresaron sobre las montañas secas, sin hierba ni plantas; y los mares ya muertos, sin algas, ni peces. Las estrellas y luceros distantes, que alumbraron el orbe desde el cuarto día de la creación, no estaban a la vista y las aguas ahora impuras, volvían a juntarse, inundando todo a su paso. Muchos animales ya no poblaban la extensión del planeta como ocurrió en el sexto día, pues sus especies disminuidas o degeneradas, se habían extinguido. El hombre perdió su autoridad sobre la tierra y los seres que en ella habitaban. Naciones e imperios derrumbados emprendieron, con sus industrias, dolorosos y largos éxodos hacia la altura de las últimas montañas.

Sin árboles ni verdes pastos, como al principio; la tierra arrasada por el hombre, sus ambiciones y odios, llegó a ser un lugar árido, rocoso y polvoriento. Unos pocos oasis distantes y moribundos, eran lánguidas señales de la vida que floreció milenios atrás. Las frecuentes tormentas de viento llegaban, a menudo, cargadas del polvo y las pestilencias de un mundo decadente, al borde de la extinción. Los habitantes sufrían en su piel y órganos internos mutaciones terribles, pese al uso de trajes aislantes y mascarillas respiratorias que solo se quitaban al interior de sus viviendas, herméticamente aisladas. Impedían así el ingreso directo de un aire espeso infectado de gases enfermizos y letales. La antaño floreciente y ufana sociedad humana, sumida en siglos de guerra, desastres sociales y ecológicos, vio caer su población de diez y seis billones en el dos mil ochenta, a menos de nueve billones en el año tres mil doscientos.

En medio de la más grande tribulación conocida en la historia del planeta azul, la última misión de evacuación interplanetaria y su flota de desplazamiento autónomo Fénix XV, despegó rumbo a la estación central de Marte, desde las cuatro bases espaciales operantes en la tierra, a finales del año tres mil quinientos. Fue una arriesgada operación de salvamento. Los rescatados fueron reenviados a otras bases en el planeta rojo y a estaciones orbitales en lugares distantes como Mercurio, Venus y la luna Ganimedes de Júpiter.

La Federación Espacial Interplanetaria, FEI, condujo con sigilo esa operación tras años de planeación. Nuevas misiones tardarían décadas o siglos dependiendo del progreso tecnológico espacial. El Programa Migratorio Interplanetario, PMI, muy selectivo y secreto, exigía aprobación satisfactoria de entrenamientos, chequeos biogenéticos y de coeficiente intelectual, para ser evacuado. A los descartados solo les quedaba el recurso de la supervivencia por adaptación a las nuevas condiciones ambientales de un ecosistema desvalido y moribundo. Futuras misiones desde el espacio a la tierra, tendrían un carácter estrictamente arqueológico y de investigación científica. Para entonces, la tierra ya no sería más que un viejo planeta colapsado, inhabitable y abandonado a su suerte, convertido en la tumba de las últimas generaciones.

El día del lanzamiento de la misión Fénix, Marte estaba en su punto orbital más cercano a la tierra, unos cuarenta y tres millones de millas de distancia, como enseñaba en la escuela de la base marciana Terra II, el maestro HSM2r (Homo Sapiens Modificado, numero serial 2r). Así se nombraba a los nuevos humanos modificados, a diferencia del antiguo *homo sapiens, sapiens*, cuyos viejos nombres ya eran anticuados. Sus estudiantes planeaban el paseo escolar al Museo Interplanetario de Historia Natural, recién abierto en uno de cientos de laberintos excavados bajo la superficie del planeta rojo.

Durante el segundo y tercer milenios, eventos ecoambientales catastróficos se multiplicaron siguiendo el efecto dominó. Aunque la conciencia ambientalista creció con la cumbre climática de Paris en el año 2016, la humanidad no pudo revertir el deterioro de los ecosistemas, que solo se aplazó sin detener la catástrofe. A mediados del mismo año, la actividad humana arrojaba cada año un billón de toneladas métricas de basuras sobre la tierra. La atmósfera estaba contaminada por una nube orbital de basura tecnológica compuesta de millones de desechos grandes y pequeños provenientes de viejas y nuevas misiones o experimentos espaciales. La población permanecía ignorante y ajena a la cambiante realidad del medio ambiente, a falta de una mayor divulgación y educación sobre su nefasta contribución al daño ecológico.

Por siglos, una gran parte de la humanidad continuó sorda y ciega al clamor de la tierra, expresado en innumerables eventos climáticos y ambientales, con dimensiones cataclísmicas y altos costos en vidas y recursos económicos. Por milenios, el hombre, enajenado en su ambición de poder y sueños de gloria, olvidó los signos vitales de la madre tierra, desconociendo y rechazando la sabiduría ancestral aborigen que lo advertía.

La engañosa y efímera seguridad y bienestar, producidos por el progreso tecnológico, desconectaron a la humanidad de su vulnerable y temporal realidad cósmica. El hombre moderno ignoró la premisa de un necesario balance entre la explotación racional de los recursos y su agotamiento sistemático, llevando al planeta de la vida al punto de no retorno, cuando ya envilecido y destruido no pudo soportarla más.

Los efectos estaban a la vista de todo el mundo aunque, como era típico de los humanos, cada grupo de interés tenía su propia interpretación, alineada con las ideas políticas en pugna y los intereses transnacionales de las corporaciones. El calentamiento global produjo el aumento progresivo de las temperaturas alterando los niveles de precipitación, las estaciones, los ciclos agrícolas, la pesca y los ecosistemas.

El Ártico y los glaciares se descongelaron con gran rapidez, mientras el creciente aumento del nivel de los mares (de uno a cuatro pies en el año dos mil cien), ocasionaba el incremento de mareas altas. La desaparición de islas y zonas litorales fue frecuente y letal a causa de inundaciones diluvianas. Solo entre los años dos mil cien y dos mil doscientos, las temperaturas aumentaron de los cuatro y medio a los diez grados, acelerando la extinción de especies animales y vegetales y la ruptura en la cadena alimenticia, base de la supervivencia. Súbitas alzas y bajas en la temperatura producían inviernos más gélidos, veranos muy calientes, huracanes o tornados inusualmente intensos y frecuentes, incendios forestales e inesperadas heladas. Plagas de insectos nocivos a la agricultura proliferaron como nunca antes y las enfermedades de animales, plantas y humanos se incrementaron.

Tras concluir que nuestra galaxia estaba «bañada en agua», la sociedad terrenal enfocó sus esfuerzos y esperanzas de sobrevivencia en la conquista de nuevos mundos allende la tierra, como alternativa para la continuidad de la especie. Partiendo de las investigaciones sobre el genoma humano se pensó en un hombre nuevo, una segunda humanidad, formada por superhombres, una especie de encarnación del *superhéroe,* prototipo de las tiras cómicas.

El hombre regresó a la luna en el dos mil veinte con las cápsulas Orión, sucesoras del programa Apolo, poco después de conquistar su lado oculto. El proyecto Constelaciones estableció en el dos mil cuarenta la base Armstrong sobre el polo sur lunar, rico en hidrógeno y agua congelada. Se usó como laboratorio, observatorio y plataforma para la construcción de nuevas estaciones orbitales. Fue el comienzo de la colonización de planetas vecinos como Marte, cuya primera colonia surgió en el año dos mil trescientos con la construcción de un intrincado mundo submarciano de túneles, complejos habitacionales y silos de almacenamiento para la exploración y la supervivencia futura. Hacia el año dos mil quinientos había un total de seis colonias en Marte y tres bases en Mercurio, dedicadas a la exploración de minerales y metales desconocidos en la tierra. A fines del dos mil ochocientos, pese a sus temperaturas arriba de los novecientos grados Fahrenheit, un equipo no tripulado de propulsión solar traspasó la espesa capa de nubes amarillas de Venus cargadas de ácido sulfúrico y dióxido de carbono, comenzando su colonización robótica.

En el siglo treinta y cinco, el nuevo *homo sapiens,* sapiens GM, (genéticamente modificado), un híbrido poshumano producto de la biogenética y la nanotecnología asumía el relevo generacional interplanetario, desplazando al hombre tradicional en la saga de la supervivencia. Se originaba así una nueva división social de la humanidad: los GM o transhumanos, (minoría), y los que permanecieron naturales, sin alteraciones genéticas inducidas, (la mayoría). El nuevo hombre traía consigo una vieja paradoja: controlar a una mayoría cautiva, sometida por la necesidad de supervivencia y transformar un mundo desconocido de planetas inhóspitos. En su obsesión tecnológica terminó destruyendo los ecosistemas naturales de la tierra atraído por el espejismo de nuevos mundos, tan distantes y etéreos como desérticos y hostiles.

En el museo, el maestro dirigió a sus alumnos a la galería de las nubes. Verían imágenes, videoanimaciones, hologramas e instalaciones alusivas a la pasada vida terrestre. Estos recursos revivían con intenso realismo los tiempos cuando en el planeta ancestral florecía la vida, mientras el sol pintaba con su luz paisajes de vibrantes colores y el verde infinito de valles y montañas delineaba contrastes de resplandor y sombra en el azul y blanco del cielo.

La visita al museo evocaba también recuerdos de ancestros perdidos en la lejanía del planeta madre. Pese a que nunca estuvieron en la tierra, maestro y alumnos la conocían por viejos libros e historias que gravitaban en la memoria de las épocas. Sentían curiosidad y nostalgia al contacto con los artefactos rescatados, mientras antiguas fotografías y pinturas les mostraban cómo fueron las nubes y su papel antes de la extinguida vida terrestre.

A la entrada de la galería, una pantalla digital introducía la exhibición en varios idiomas, citando las palabras de un entrañable poeta que viviera en la tierra quince siglos atrás, en un legendario país llamado México:

«Un día llegará para la tierra, dentro de muchos años, dentro de muchos siglos, en que ya no habrá nubes. Esas apariciones blancas o grises, inconsistentes y fantasmagóricas, que se sonrosan con el alba y se doran a fuego con el crepúsculo, no más, incansables peregrinas, bogarán por los aires.

¡Los grandes océanos palpitantes, que hoy ciñen y arrullan o azotan a los continentes, se habrán reducido a mezquinos mediterráneos, y en sus cuencas enormes que semejarán espantosas cicatrices, morará el hombre entre híbridas faunas y floras...! ¡Ni nubes ni lluvias!... Los poetas experimentarán una suprema tristeza; pero ya no existirán los poetas. El último se habrá extinguido hará muchos siglos... La humanidad de entonces sabrá, empero, porque se lo han enseñado, que hubo aguaceros y tormentas sobre la tierra, como hoy sabemos que hubo ictiosauros y plesiosauros... Sabrá estas cosas y acaso también, por las descripciones literarias y por los lienzos, muy raros, que hayan podido conservarse, tendrá una idea de lo que eran las nubes».
(Amado Nervo, Paris 1912)

                                        New York, junio del 2015.

Regreso a las cavernas

Cuando los exploradores hallaron la gran mina de roca caliza abandonada, hacía ya tiempo que el antiguo mundo de las civilizaciones terrícolas había desaparecido. El progreso de las épocas y el conocimiento acumulado fueron borrados, casi en su totalidad, por las catástrofes ecoambientales y la confrontación militar. Los sobrevivientes que alcanzaron a salir en el gran éxodo a Marte, durante la misión espacial Fénix, solo llevaron consigo el propio ingenio y algunos archivos de datos salvados de la destrucción global.

El tiempo siguió su marcha y las nuevas generaciones, agrupadas en las colonias marcianas, recordaban ya muy poco esos días terribles, cuando el mundo entero se consumió en las llamas del peor holocausto nuclear. El instinto de supervivencia les mantenía aferradas a la quijotesca empresa de recrear las condiciones de la vida terrestre, en la superficie del planeta rojo. Tomó siglos para que los autonombrados «hombres nuevos», seres genéticamente modificados, mezcla de humanos y robots, se aventuraran en misiones espaciales por los territorios devastados del planeta que fue el hogar de sus ancestros.

Estudiaban el pasado de la tierra y sus naciones. Cuando identificaban las áreas con bajos índices de radiación levitaban en sus trajes espaciales hacia la superficie terrestre, desde silenciosas naves doradas, suspendidas a prudente altura de la superficie. Apuntaban sus equipos sobre objetivos predeterminados y al instante sus pantallas se iluminaban con holografías de restos arqueológicos sepultados en el lugar. Para estos nuevos exploradores la búsqueda y hallazgo de restos arqueológicos de las culturas urbanas de los últimos milenios, era motivo de intenso estudio.

La nueva vida, si así podía llamársele, era distinta en las colonias espaciales que los últimos imperios aliados lograron establecer antes de la gran evacuación terrestre, a mediados del cuarto milenio. En Marte, los nuevos humanos vivían y trabajaban con intensidad confinados en burbujas geodésicas de cristal climatizado, que imitaban precariamente la atmosfera terrestre. Las temperaturas externas cambiaban de repente a fríos bajo los sesenta y cinco grados, más helados que la Antártica, o a calores infernales de ciento veinticinco grados centígrados. El ambiente circundante cargado de dióxido de carbono en un 95%, era altamente tóxico y las tormentas de viento y arena duraban hasta diez meses sin parar, alcanzando más de cien kilómetros de velocidad por hora.

Aquel día todo ocurrió más por obra del azar y la curiosidad de un expedicionario separado del grupo, que por la tecnología de los equipos de exploración. Mientras examinaba los vestigios calcinados de lo que debió ser un frondoso bosque siguió una vieja ruta apenas visible entre ruinas y áridos peñascos. De repente, al pie de una enorme montaña blanquecina y rocosa, sus sensores revelaron una cavidad de grandes proporciones, donde túneles interiores se interceptaban en distintas direcciones hacia innumerables galerías que parecían no tener fin. Tentado por la curiosidad decidió ingresar solo, anticipando un encuentro inusual. La curiosidad y el impulso aventurero, herencia de sus ancestros, le llevarían a un insólito hallazgo.

Después de todo, la búsqueda de restos arqueológicos de la última era terrestre le resultaba más divertida que los largos y aburridos días marcianos, confinado a un hábitat artificial de minúsculos módulos bajo la superficie, donde los años tenían 687 días, no existía la privacidad y solo era permitida una ducha de un minuto cada cuarto día. El tiempo se consumía en solitarias y tediosas horas de investigación frente a pantallas de monitoreo, búsqueda de yacimientos acuíferos y minerales, análisis de laboratorio, conversión de energía solar en electricidad y producción de combustible.

El aislamiento permanente en un mundo extraño e inhóspito limitaba el contacto social directo. Pese al hacinamiento se hablaba muy poco, la vida era triste y monótona y, para colmo, ya no se podía leer un buen libro. La comida producida en laboratorios era obtenida de invernaderos experimentales y las tareas diarias en la superficie del planeta se hacían al mediodía, hora de las temperaturas más benignas en el ecuador marciano. La gravedad, tres veces más baja que la terrestre, causaba frecuentes dificultades óseas, musculares y del torrente sanguíneo. En la desolada y árida vastedad de aquel mundo de superficie enrojecida, cielo ambarino y luz mortecina e interminables tormentas de polvo, no había amaneceres o atardeceres, montañas cubiertas de verdor o cielos inundados de azul y nubes blancas, ni ríos, ni océanos, ni faunas.

Se detuvo en medio de la caverna semiiluminada por retazos de luz reflejada en las paredes de calcita. Sus ojos agrandados por la sorpresa y una irresistible curiosidad comenzaron el lento escrutinio de rincones y anaqueles en penumbra, repletos de incontables formas rectangulares, cubiertas de una gruesa capa de sedimento calcáreo, acumulado al paso del tiempo. Su diestra enguantada se deslizó cautelosa, retirando con precaución el polvo y lentamente comenzó a descubrir signos, colores, imágenes; palabras impresas, preservadas por los siglos y el ambiente seco de la cueva.

Recordó los primeros registros pictóricos del paleolítico, considerados el origen de la escritura, los manuscritos iluminados, la imprenta de Gutenberg, el libro... la legendaria biblioteca de Alejandría. Sabía que todo aquello configuró el surgimiento y posterior florecimiento de las civilizaciones y, no pocas veces, fue también argumento para su negación en los momentos más críticos de la historia, como en la infame quema nazi de millares de libros en 1933. Eran cosas de otras épocas, porque los libros en su formato tradicional de papel ya no existían. La tecnología digital los desplazó, algunos siglos antes del final de la tierra.

Los interrogantes afloraron en su mente. ¿Quién depositó, en aquella caverna, esos bloques rectangulares que se abrían como abanicos impresos de grafías y remotas imágenes?, ¿Quién escogió aquel lugar cuyo ambiente seco preservaría su evidente naturaleza vulnerable? ¿Había encontrado, sin proponérselo, el eslabón perdido entre el conocimiento de las viejas civilizaciones y la nueva humanidad, desconectada abruptamente de la historia por los odios seculares y los intereses corporativos globales? No tenía la respuesta, pero era claro que quien lo hizo tuvo el propósito de salvarlos, conservándolos para la posteridad, como si quisiera continuar el legado de los anónimos artistas rupestres en las cuevas de Altamira y Lascaux, cuyos dibujos estampados en la roca sobrevivieron, convirtiéndose en el mudo testimonio de un mundo primigenio que, a pesar de los siglos, aún parecía palpitar en el alma de los hombres.

El hallazgo era tan sorprendente como inobjetable. Eran miles de libros. Nadie sabía que antes de desaparecer la vida terrestre, un humilde recolector público de basura, se dedicó durante años a salvar los libros descartados, recogiéndolos diariamente en los andenes y calles de una gran capital andina llamada Bogotá. Formó así una extensa biblioteca, donde los niños pobres sin acceso a la tecnología, hacían sus tareas. Años después, poco antes de las últimas guerras, se retiró a las montañas y su huella fue desvaneciéndose en el tránsito implacable de las épocas.

Ahora, allá arriba en el firmamento, en ese nuevo mundo que antes fue solo un luminoso punto rojo en la bóveda celeste, inspiración de astrónomos, filósofos y poetas; otras generaciones volverían a ojear las páginas amarillentas de un libro y a imaginar, tal vez, la escuálida figura de un legendario caballero y su escudero, cabalgando solitarios las amarillentas llanuras de La Mancha, en busca de nuevas utopías.

Miami, 21 de enero del 2001.

Cibernando

«Temo el día en que la tecnología sobrepase nuestra humanidad. El mundo sólo tendrá una generación de idiotas».

Albert Einstein

Cuando los rescatistas extrajeron el cuerpo descomunal de aquel hombre, este, pese a su inconsciencia, todavía empuñaba con rigidez el celular apegado a su oreja, como si se tratara de una tabla de salvación. Los primeros en llegar fueron los paramédicos, pero, ante la magnitud de su tarea y la imposibilidad de sacarlo por la puerta, llamaron a la policía y los bomberos. Se vieron obligados a derribar la ventana más grande para evacuarlo en el menor tiempo posible. El teléfono portátil, o al menos la nueva costumbre de enviar rápidamente mensajes de todo tipo sin la intermediación del papel, ya tenía antecedentes en la historia remota de la humanidad. En el año 771, antes de la era cristiana, el emperador chino Zhow You Wang se adelantó a la idea moderna de enviar mensajes instantáneos a distancia sin el uso de personas o palomas mensajeras.

Según la leyenda, el emperador hacía proyectar rayos de luz que se reflejaban en el cielo nocturno, reclamando la rápida ayuda de sus generales. La ingeniosa idea terminó cuando ocurrió un ataque enemigo verdadero y nadie respondió al llamado. Otra pudo ser la suerte del emperador de haber contado con el teléfono de Graham Bell, inventado en 1876. Mejor aún, si hubiese tenido a su alcance el celular que fue usado por primera vez en 1973. Fue, precisamente, la llamada desde un móvil, lo que alertó a los paramédicos sobre la emergencia del hombre neoyorkino.

Esa helada madrugada de invierno en el alto Manhattan, el grupo de rescate hizo lo que pudo para extraer de su apartamento al hombre con todo y sus quinientas libras de peso, celular incluido. Su apego al teléfono portátil era ya más que una moda en los seres humanos que veían en su invención y difusión masiva, nada menos que la conquista del tiempo y la libertad. La gente había desarrollado un enorme sentido de intimidad y dependencia hacia esa pequeña caja mágica que contenía la clave del acceso a infinidad de recursos y facilitaba el día a día de la vida moderna: la hora, el tiempo, los mensajes, las citas, la música, las fotos, los videos, etc. Para muchos, el aparato no solo reafirmaba su individualidad, sino que les aportaba un nuevo sentido de pertenencia virtual en los grupos de las redes sociales, aunque sus vidas fuesen anónimas y aisladas.

La telefonía inteligente, el internet y esas redes sociales, cambiaron el ya envejeciente nuevo mundo con su presencia en los rincones apartados del planeta, elevando el poder de la comunicación al más alto nivel estratégico. En el mundo de la globalización los nuevos medios fueron presentados y celebrados por el público como la gran democratización de las comunicaciones, la vida social y la libertad individual. Los teléfonos portátiles iban convirtiéndose cada vez más en una extensión del cuerpo humano, aunque por su uso y abuso la gente tropezaba en las aceras, chocaba sus autos en las esquinas o se aislaba en sus viviendas, perdiendo su conexión biológica y afectiva con la realidad y el entorno.

Esa era, en buena parte, la realidad del hombre de Manhattan doblegado por la enfermedad. Así, enchufado a los equipos de supervivencia y atosigado de tuberías plásticas, parecía la extraña criatura de una película interplanetaria. La foto de su evacuación estaba en los periódicos de la ciudad y el noticiero de las seis. Los vecinos hablaban de un hombre tranquilo pero solitario, desconectado de su entorno y entregado a los video-juegos, los textos y la navegación en las redes de internet. Que no hablaba con nadie y sólo respondía con monosílabos o interjecciones sin siquiera levantar la mirada, aunque su interlocutor fuera su propia madre, quien le visitaba a menudo para servirle con abnegación. Que el móvil se había convertido en un apéndice de su cuerpo, el control remoto de su propia vida. Que su realidad era un mundo virtual delimitado por las fronteras invisibles del ordenador y el celular. Un mundo poblado de tonos, timbres y zumbidos.

Si las nuevas tecnologías inalámbricas con sus sistemas móviles globales afectaban a la gente y sus relaciones o no, era un tema de estudios y debates, pero ahí estaba para muestra este hombre, ahora reducido por un coma diabético estimulado por su aislamiento, inmovilidad y desorden alimenticio. Lo cierto era que la inmediatez en las comunicaciones, inducida por la globalización, traía en el anverso una paradoja imperceptible a primera vista: la deshumanización, el precio oculto de la inmediatez. La globalización dividió el tiempo en dos: el convencional, lento, bucólico y el tecnológico; raudo, incontenible, a tono con las nuevas tecnologías y las demandas del consumo masivo. Peor aún, tras la nueva «libertad», se insinuaban formas de control oculto, indoloro y desapercibido, el control social. Alguien había dicho: «El celular acerca a quienes están lejos. Nos aleja de quienes están cerca».

En su cuarto de hospital el hombre pareció de pronto alucinar cuando su mente en sombras se llenó de resplandores y coloraciones lumínicas. Se vio, de repente, desde lo alto. Su cuerpo gigante, tendido allá abajo sobre la superficie de un extraño paraje desolado parecido a un desierto. Centenares de cuerdas ataban firmemente al terreno cada una de sus extremidades, sus pies, sus dedos y sus manos. El lugar se había transformado, como un escenario de opereta, y le sorprendió mucho ver decenas de seres oscuros y rectangulares de pantallas brillantes y diminutos teclados, ronroneando con frenesí a su alrededor mientras le ataban nuevas cuerdas. Un poco más allá de su cuerpo, todo estaba rodeado de un paisaje inusual. Había hermosos surcos ambarinos de papitas fritas, brillosas alitas de pollo y burbujeantes refrescos embotellados. Tuvo hambre, pero no pudo ni siquiera coger una papita frita. Le pareció insufriblemente extraño sentirse como dos en uno. El que estaba ahí abajo, atado, recordando los viejos gustos y el de arriba que era él mismo o su propio fantasma, observándole con un silencio sepulcral. Cuando sintió miedo, deseó hacer una llamada y se dio cuenta que no sabía si era él mismo o el otro; o si los dos eran realmente dos o solo uno. En realidad, ya no supo si era un vivo muriendo, o un muerto viviendo.

Julio C. Garzón
Miami, 11 de julio del 2019.

2019

Made in the USA
Middletown, DE
12 December 2024

66796351R00061